相约名家·冰心奖获奖作家作品精选

高长梅 王培静◎主编

生命因放生而美丽

李国新 著

九州出版社
JIUZHOUPRESS

全国百佳图书出版单位

图书在版编目（CIP）数据

生命因放生而美丽 / 李国新著. –– 北京：九州出版社，2013.5
（2024.4 重印）

（相约名家·冰心奖获奖作家作品精选 / 高长梅, 王培静主编）
ISBN 978-7-5108-2073-1

Ⅰ.①生… Ⅱ.①李… Ⅲ.①小小说 – 小说集 – 中国 –
当代②散文集 – 中国 – 当代 Ⅳ.①I217.2

中国版本图书馆CIP数据核字（2013）第084596号

生命因放生而美丽

作　　者	李国新　著
出版发行	九州出版社
地　　址	北京市西城区阜外大街甲35号（100037）
发行电话	（010）68992190/3/5/6
网　　址	www.jiuzhoupress.com
电子信箱	jiuzhou@jiuzhoupress.com
印　　刷	三河市恒升印装有限公司
开　　本	710毫米×1000毫米　16开
印　　张	9.5
字　　数	136千字
版　　次	2013年5月第1版
印　　次	2024年4月第7次印刷
书　　号	ISBN 978-7-5108-2073-1
定　　价	49.80元

出版说明

冰心是我国现代文学史上著名的作家,她的儿童文学作品和散文在中国文学史上占有重要位置。

这里所说的"冰心奖"包括"冰心儿童文学艺术奖"和"冰心散文奖"。

"冰心儿童文学艺术奖"创立于 1990 年。创立以来,它由最初的单一儿童图书奖,发展为包括图书、新作、艺术、作文四个奖项的综合性大奖,旨在鼓励儿童文学作品的创作出版,发现、培养新作者,支持和鼓励儿童艺术普及教育的发展。其中,"冰心儿童文学新作奖"与"宋庆龄儿童文学奖"、"陈伯吹儿童文学奖"、"全国儿童文学奖"并称国内四大儿童文学奖。

"冰心散文奖"是一项具有权威的全国性的散文大奖。冰心生前曾是中国散文学会名誉会长,"冰心散文奖"是遵照其生前遗愿而设立的,旨在彰显我国散文创作的成就,不断评选出题材广泛、思想敏锐、着力表现现实生活,创作形式风格多样的优秀散文。"冰心散文奖"是与"茅盾文学奖"、"鲁迅文学奖"并列的我国文学界散文类最高奖项,也是中国目前中国散文单项评奖的最高奖。

《相约名家·冰心奖获奖作家作品精选》共收录近年来荣获"冰心儿童文学艺术奖"和"冰心散文奖"的三十位作家的作品。这些作品无论是小说还是散文,或抒写人间大爱,或展现美丽风光,或揭示生活哲理,或写实社会万象,从不同角度给青少年读者以十分有益的启迪。

随着中小学课程改革的深入与发展,让中小学生多读书、读好书早已成为共识。我社推出本套大型丛书,希冀为提升中国的基础教育、为青少年的健康成长尽一份力。

九州出版社

CONTENTS

目录

CONTENTS

目录

第五辑　　**儿子的旋律**

第六辑　　**我什么也没看见**

第七辑　**领导终于骂我了**

第一辑

Mu Qin De Xie Dian

母亲的鞋垫

母亲的鞋垫

母亲年过 70 后，有时候还在做鞋垫。

母亲一生喜欢做鞋垫，鞋垫里的一针一线包含母亲对家人的牵挂和祝福。母亲年轻的时候，她为父亲做鞋垫，直到父亲去天堂都是穿着母亲做的鞋垫。

我是母亲的长子，我的一生没有买一双鞋垫。在我家一楼放鞋的旁边，叠放着母亲为我做的不少各种花色、式样的鞋垫，都是为我每天早晨换不同的鞋准备的。

母亲做的鞋垫，一种是方块格的，针线密密麻麻，虽底面的布很硬但穿着很舒服；另一种是花朵似的，像是桃花，又像是荷花，针线同样密不透风，花骨挺拔，活灵活现的。

母亲的鞋垫，我感觉特色鲜明，或者是优点显著，是市面卖的鞋垫所望尘莫及的。特色之一，就是结实硬朗。市面上的鞋垫都是软散散的，不经穿，针线脱落。母亲的鞋垫可是经久耐用，穿三五年还是新崭崭的。另一个特色是针线饱满。市面上鞋垫针线不多，稀稀落落的，穿在脚底没有感觉，而母亲的鞋垫，一般都绣有荷花、桃花，还有立体感强的方格子，上面的针线错落有致，穿在脚上，好像赤脚踩在卵石上，刺激脚上的穴位，舒服极了。还有一个特点，就是不走形。市面上的鞋垫没几天就瘪瘪歪歪了，甚至会随着脚的挪动缩成皱巴巴的一团，不舒服，且经过水洗后软绵绵，我母亲的鞋垫与鞋紧贴相处，不起皱折，不变形，洗后清新亮澈，愈加坚硬。

母亲做鞋垫的时候，大多在白天，都是忙完家务事了，她会坐在自家楼房门前，一针一线，不紧不忙的。她有一个针线篮子，里面有各色的布块、花线，有针、剪刀等。母亲的视力很好，根本不用戴眼镜，就是穿针线也很利索。穿针线，过了40的男女恐怕也不是很利索的，而过了50岁的更不用说了。可我母亲70多了，穿针不在话下，这是我很不可思议的。我常这样想，母亲不像我们现在的人，工作压力大，思想不集中，还心浮气躁。母亲一生乐善好施，慈眉善目，心平气和，她在穿针引线的时候，神情专注，她把为儿子做鞋垫作为一种乐事。她会想：儿子穿着我的鞋垫，走路踏实、稳当、舒服，还有平安。鞋垫里面就注满了母亲的情，蕴藏了母亲的爱，还有母亲千针万线织下的温柔、温馨！

多年来，我没有买市面上的一双鞋垫，就是买了皮鞋赠送的鞋垫，我也没有穿上几天，因为它们都变成软绵绵、皱巴巴的，不成体统，被扔进垃圾袋了。但我母亲做的鞋垫，我每天都换一种颜色的穿在脚下。我母亲把她的鞋垫放在鞋架旁，让我挑选，但我母亲没有忘记，经常为我洗鞋垫，洗了的鞋垫，泛着清新和生机，等待着我享用。我没有统计过，也没有问过母亲，她的一生为我的父亲和她儿子做了多少鞋垫，但我想，这个数字是无法统计的，这相当于两辈子了，一辈子的鞋垫给了我的父亲，也就是一辈子的爱，还有另一辈子的鞋垫给予我了，也是一辈子的爱了，这两辈子的爱是不能用金钱、用数字来衡量的。

母亲的鞋垫，被我父亲和我穿在脚下，没有更多人知道，也不会有人看见，那是一种默默无声的爱。那种爱，是用任何语言和文字都无法表达的。

所以，这一生中，我很幸福，因为我不仅在各个方面得到母亲的抚育、呵护，另一方面，母亲用她最朴实的表达方式——鞋垫，给予我无穷无尽的爱，像她慈悲、善良的心一样，让我在这个世界上走路的时候，踏着幸福、踩着温暖，行一生的平安！

父亲最后的日子

父亲中风的时候很突然，猝不及防。白天拖煤去卖，晚上听母亲说："你幺爹吃了两大碗，根本没有什么不好的征兆"。

小时候，我不好养，是独儿子，病又多，经常不明不白地昏过去。大人们就给我在外面拜了两个"干爹"不说，还让我把爹改口叫"叔"，后又要我改口叫"幺爹"，一直这样叫下去。

父亲是在晚上11点多钟哑口的。那段时间每天晚上，我和爱人在机关值班，因为我女儿在机关当通讯员，晚上要值夜班，只有我和爱人去顶。快12点的时候，邻居高妈深一脚浅一脚来到机关，在外面大声叫我的名字，"国新，你快回去，你幺爹不说话了"。

我一听如雷灌顶，心惊肉跳，真不敢相信高妈的话。

父亲这么好的身体，没有害过什么病，怎么能这样啊！那一年，是2002年的4月，父亲才64岁。

我和爱人几乎是跑回家的，我家的大门开着，屋里全是灯，隔壁的邻居在我家进进出出。

儿女吓得哭哭啼啼。父亲和母亲住在楼顶三层上，一到上面，见昏暗的灯光下，母亲哭着喊父亲的名字，父亲睡在床上，紧闭双眼不说话，只是嘴唇抽动，说不出来，两条腿不停地上下蹬着。

把父亲送到镇卫生院的时候，医生说这是脑溢血。经过一个星期的抢救，父亲还是不说话，大脑好像清醒了一下，只是手在动，不停地比画什么，生命危险算是没有了。我们猜想父亲有什么话没有说出来。究竟是什么呢？我们认为是钱。其实，那年我们家不富裕，购买楼房的钱没有还完，妻子在私企打工，父母亲在街上拖煤卖煤，父亲整天的手上、身上包括脸上都是黑乎乎的煤印子，我有时候在街上碰见了，不忍多看，一看就心酸。做儿子的没有本事，让60多岁的父母在外奔波劳累，惭愧至极。父亲每天上午和母亲去拖煤卖，卖完了，下午就去小茶馆打打小牌，母亲就在家给我们烧火做家务。我当时想，父亲不可能有什么钱的，可是我们在父亲耳边问了几个地方，他只是摇头。后来我们去楼上找，才在一个纸包里找出父亲的私房钱600元，用一层棉布裹着。

父亲在医院住了一个多星期，渐渐睁开眼睛了，但不能说话，半边身子不能动弹。医生说，"只能这样子，你们弄回去吧。"当时，我们家经济拮据，收入低，根本没有能力把父亲送到市医院去。我和大妹夫把父亲用担架抬回来，只带了医院开的药，看父亲的造化了。

渐渐地，父亲在母亲精心照料下慢慢好起来，先是由躺着到坐在床上，又由坐在床上到用一只脚落地，用拐杖撑着一步一步走动。嘴巴由不说话，到含糊不清的开口，吐出来的字，有时候还清楚。再就是，说不出来的话，用左手写出来。当然，父亲活下来了，是我们的幸福，是母亲的功劳，吃、喝、拉、撒都是母亲一人负责，有时候父亲寂寞，母亲就学会打花牌，坐在床上陪父亲打。父亲有时候因病不自由，脾气也大，母亲从不生气，让着父亲。后来，父亲能坐在藤椅上，用脚着力，用手提椅子，一步一步在一楼堂屋里移动。但父亲从来不出门，我也不明白，可能是他不想自己的模样让外面的人看见吧。

就这样，父亲在人生的旅途又过了两年多，到了2004年6月的一天，父亲终于走了。走的前几天，一点儿兆头也没有，听母亲说，他那几天都是用藤椅撑着朝大门望着的。我家的大门朝北，北面是什么呢？后来，我们才明白,父亲在中风的两年多,多次提到他的娘家,因为父亲是上门女婿,20岁的时候就和小她3岁的母亲结婚,连姓名也跟我母亲姓了,自己过去的名字也换了。其实,父亲的娘家那里也不远,只有30公里路程,他娘家的亲侄儿来看望他的时候,多次要他回娘家去玩。父亲在年轻的时候,很少回娘家,有了大事去一下,过年的时候,把我们几姐妹带过去。那时他娘家也没有什么人,只有他双目失明的母亲和姐姐姐夫,后来这些亲人都一个个走了,父亲就几年不回去了,有什么事,就安排我去。

在我的亲爱的父亲去世后,我才明白:父亲在生病的时候想回一趟娘家,想看一看长眠在那里的爷爷、奶奶和姐姐,可是,他的这个心愿没有实现,是他没有提出来,我们也没有想到。他走的前几天,想硬撑着走到大门口,呆呆地朝北面望着,我们也不知道,只是后来知道了,父亲也就走了。

父亲哑口两天才走的,我在他床前跪着陪他,他的呼吸声由强到弱、由弱到停的过程,那是我最伤心的过程。因为,父亲去的前几天,特别是前一天,没有和我含含糊糊道个别,甚至说几句话也没有,就无声无息去了。父亲的心跳停止跳动后,我为他洗了一次澡,也是含着泪,用毛巾为他擦洗身上。我在为他擦洗身上的时候,我轻轻告诉父亲:"您放心走吧!我会照顾好幺妈,照顾好几个妹妹,还有还清家里的债,每年我都去一趟您的娘家!"

已经掉了气的父亲,听我这样承诺,他的眼眶内溢出了眼泪,他的脸上出现了一种宁静和安详。

父亲就永远离开了我们,从此,在这个世界上,我就成了一个没有父亲的孩子了!

但是,在我的心中,我的父亲永远活着,活在我的心中!

我的爷爷

我万分怀念劳作一生属于平民百姓的爷爷。

1995 年的腊月十四,是爷爷去世的日子。难怪人们说日有所思夜有所梦,那几个月中我时常梦见爷爷。我爷爷和奶奶没有儿女,就从李氏家族过养了一个 7 岁的女儿,长大后就招了女婿,就成了我的父母亲。

小时候,爷爷奶奶是最疼我的。这可能是俗话所说的"假子真孙"吧!儿时,我和爷爷奶奶睡一起,常常吮吸奶奶干瘪的奶头;后来和爷爷睡一块,常常是抱着爷爷的脚睡着的。

爷爷奶奶疼爱我,偏偏我体弱多病,常常发烧发冷,有时甚至昏迷不醒。我家住偏僻的农村,赤脚医生离得太远。每当我发烧发热昏昏沉沉时,爷爷就守在一旁,奶奶就会用剪刀把自己的头发剪下一缕,揉成团子,抹点口涎,在我的额上揉来揉去。边揉边就喃喃地祈祷:是哪个吓了我娃子的,保佑我儿快点好,到晚上我就为你们烧钱!如头发团子越揉越紧,就说明我有"阴气",不是外面的野鬼吓了,就是屋里的祖宗摸了。

然后,爷爷和奶奶就到有二里路远的族上伯伯那看"阴气"。爷爷奶奶就会双双跪在族上伯伯面前,恳请菩萨的化身"马脚"伯伯救命。当族上伯伯恩准了,就开一些诸如金条、大宝、冥钱、红衣纸裤若干的单子,爷爷奶奶就千恩万谢,赶忙拖着跪麻了的双腿回来。等到天黑了,爷爷奶奶就把剪好的冥钱之类在我脸上晃晃,再用竹筛子端到指定的方向,边焚烧边为我喊魂。先是奶奶喊:易长啊,回来哟！爷爷就答应:回来啦！那些有些愚昧但充满真情的喊魂声在夜空中久久回荡。

后来就改为我母亲喊,因为有"娘喊千里"之说,但我父亲却不予配合,那时候他在村里当干部,就借故出门,装着不知道,由我爷爷代为答应。直到我长大成了家,病少了即使有病也会到医院去看。每每看到爷爷奶奶剪些冥钱什么的,我就会训他们几句,他们可吃不消,特别是奶奶就会一把鼻涕一把泪地数落我:你狗日的大了,翅膀硬了,你晓不晓得你的一条命,是我和你爷爷用膝盖跪来的？！这时,我就蔫了,默不作声。

80年代初,父亲进了镇办企业,我和母亲及几个妹妹相继来到镇上。爷爷奶奶不肯随迁,守着几亩责任田,每年为我们提供不少蔬菜瓜果和粮食。那时,爷爷年过花甲,身子骨还硬朗,和我下田挑稻谷还比赛,笑我挑稻谷上肩时像在挖"乌龟"。过了几年,爷爷奶奶经我们再三劝说,才来到镇上,那时我喜得千金,父母为生活奔波,我女儿无人照顾,爷爷奶奶帮我照管女儿,帮父母烧火做饭。再后来,我获准生育二胎,且是个小子,爷爷奶奶更是欣喜。绝大部分的屎尿片洗涤成了爷爷的专利。老人的宠爱把重孙辈都弄得没大没小了,特别是那调皮的儿子,常常用竹竿子出其不意敲爷爷那光亮的葫芦脑袋玩,像敲在别人身上一样。

那年,我儿子上学前班,接送的任务就落到爷爷身上了。但这时的爷爷已有78岁了。他开始挂拐杖了,眼窝又深陷了,脸色更枯黑了,走路已摇晃了。每天当我把孩子送到学校,他随后跟着去学校,站在教室外看他的重孙念"a、o、e"。因为人多车多,一到放学,爷爷就牵着重孙的手回家。

渐渐地,我儿子胆子大了,就不要爷爷牵他,就在爷爷前面跑,害得爷爷提心吊胆地跟着他撵。有一回,爷爷坐在学校的台阶上等我儿子下学,当下课铃声响了,他竟然起不来了,双手硬撑着地面也无济于事。正在这时,我妹妹来接娃子见到了,才把他拉起来。此后,爷爷的身体每况愈下,但他从不间断去学校接我儿子,直到他走不动卧床了为止,但他躺在床上也问我奶奶:娃子回来了吗？在我爷爷掉气的前几小时,那是晚上9时左右,他由奶奶搀着起床小便,只问过这样一句:老婆子,把门不关了,易长还没有回来哩! 其实,我早已就寝。

虽然这是爷爷失去理智后说的一句胡话,但他还在惦记着我。话刚落,爷爷就不说话了,在床上一个劲地哼,呼吸也急促起来。12点钟左右,母亲才把我叫醒,极悲伤地说,起来,爷爷快不行了。果真爷爷的哼叫声愈来愈弱。我流着泪唤他,他已不知晓了。他的呼吸声一声比一声弱,渐渐地只有出气没有进气了。我用手抚摸他干瘦的给我慈爱的脸,摸他那劳碌一辈子给我温暖的手。天刚亮时,爷爷就到天国去了。

那些天,我经常梦见爷爷。梦中的爷爷头扎青巾,身穿青色长袄,满脸慈祥。他好像是到学校为我接了儿子的,一只手提着个小篮子,另一只手牵着我的儿子,正朝我们家走去。我在梦中好像知道爷爷已不在了,但我却感激他,就对他说,爷爷,您对我们太好了,今生我们已经不能报答您的恩情了,只有等到来世再来报答您吧! 话一说完,我就醒了。

我的奶奶

奶奶的一生是很苦的。

她不足20岁就只身从荆门后港远嫁他乡,而婚后不久又丧夫。我爷爷那时也丧妻,后经人介绍奶奶与爷爷"搭伙"了。从此,他们没生育一个孩子。我母亲就是爷爷抱养的女儿，再来招女婿。

从小至今，重男轻女的爷爷奶奶最疼我，大概因为我是稀之为贵的儿子，而我底下有4个妹妹。由于爷爷奶奶惯宠我，老天爷就偏让一些小病小灾老是缠着我。可吓坏他们了。那时，我躺在奶奶怀里，她用剪刀把自己的头发剪下一绺，沾上口水，在我头上摩挲，那样很是舒服的。如头发团子越揉越紧，就说明我有"阴气"。信迷信的爷爷奶奶就到土地庙烧香磕头，有时还为我喊魂。真是巧得很，在我长到20岁之前，我没吃药打针，按爷爷奶奶的话说，是他们抱佛脚的虔诚为我捡来的一条命。

记得我高中毕业后到园林场当工人，那时我体弱嫩肩，只有17岁。场里要割果林间的麦子，我分了好几亩，就偷偷跑回家在奶奶面前撒娇：奶奶，我好苦哇，天天锄草把手弄了好些血泡，好疼啊！奶奶吓坏了，抚摸我的手，眼泪都出来了，口里连声唤着，我的儿、我的乖……到了第二天，奶奶就穿着一套旧布衣，挎着一个竹篮子，那里面放着爷爷熬夜磨得锃亮闪光的镰刀。果林场离我家10多里路，50多岁的奶奶，每天早去晚回为我割麦子。

最使我难忘的是我在农村结婚的前几天，和女友到沙市买音响回来，天色渐晚了。那天漆匠为我漆好床桌柜子，那上面黏糊糊的。正在我和女友愁那夜怎么办时，爷爷奶奶的脸上含着笑，抱来两捆稻草，铺在房间一隅，还铺了床棉絮，罩上垫单，放下一床厚棉被。过会儿，奶奶悄悄推门进来，手里托着个胖乎乎的枕头，意味深长地一笑，便朝地铺上一抛，就微笑掩门而去。我望着红着脸垂下头的女友，心里热乎乎的。

爷爷去世后，奶奶被拆了伴，一下子苍老许多，本来躬着的腰更弯了，走路摇晃晃的，像快要摔倒似的，那年奶奶的精神愈来愈不行了，连摔好几跤后，胳膊也摔断了，鼻脸也摔青了，走路都是摸着墙壁挪步子。那天，她从床底抖抖地摸出一个布包，解开后露出一些叮当当的银圆给我爱人。奶奶说这是爷爷的母亲传给她的，共21块，有一块爷爷在世时送给小妹打了手镯，还有20块应该全部传给我母亲。但还是心疼孙媳妇。后来，因我家经济困难，在我的儿子读小学时，听我为儿子报名费为难时，奶奶从枕头底下掏出

200元钱给我。她对我说:这是爷爷临终前留给我的,要我留着买点东西吃,我舍不得吃,一直留到现在。真是对不起伢儿们,我们没有为你们留下什么家当。我想起来了,爷爷在世时,捡过一段时间的破烂。

奶奶病重期间,我和几个妹妹轮番守护。在她快咽气的前几天,她拉屎撒尿的气味呛人,使人不敢近身。我就为她擦身子,换衣服,端屎端尿。我想奶奶引我多少年啊,我也只为她服侍几天。再说,我的一儿一女以及4个妹妹都是奶奶照料长大的啊!奶奶哑口后,两天两夜不肯断气,枯萎的身子,仰躺在床上,时强时弱地呼着气。9月7日那晚,眼看奶奶的呼吸愈来愈微弱了,我就用电话把几个妹妹召到奶奶跟前。我几乎哭着对奶奶说:奶奶,我们几姐妹到齐来看您了,我们都是您一手抚养长大的,都很感谢您的哺育之恩啊!您年纪大了,又有一身的病,活着又累又苦。您就放心去享福啊!我们都不会忘记您的。逢年过节,我们会到您和爷爷的坟前,为你们点灯烧香,磕头烧钱……这时的奶奶心里是清楚的,但已说不出话来了,张大的口嗫嚅着,发出轻微的闷哼声,干瘪的眼眶里溢出泪水。话音刚落,奶奶就安详地离开了人间!

奶奶去世后,我一直很悲痛,难以解脱,以至睡梦中常梦见她。梦中的奶奶总是在劳作,和我们生活在一起,等到醒后,泪湿枕巾。

唉,人生苦短,情感久长啊!后来看一本叫《大乘无量寿经》的佛书,知道西方有个极乐世界,甚是美妙。如果真有这么回事的话,奶奶这辈子积德行善,爱心育人,劳苦功高,那我就愿她往生西方极乐世界吧!

我的大妈

　　大妈是我隔壁的一位手残跛脚老女人，她姓朱，不知道叫朱什么。

　　儿时，我的爷爷奶奶都很硬朗，在村里挣工分。大妈那时刚招了女婿，特别喜欢伢子。大人们把我交给大妈照引。大妈逗我玩，弄我吃，哄我睡，脚跟脚，手牵手，整天寸步不离。

　　那年头，大妈家住的茅草屋，墙是土砖坯，又矮又黑。屋前屋后，有几棵苦楝，还有稀疏的青草、花，一到热天，蝉儿吱吱地叫，野蜂嗡嗡地唱，蝴蝶翩翩地舞，小虫悄悄地爬。

　　那是个又闷又热的日了，大妈患疾，又烧又冷，就和我坐在屋山头的一棵枝茂叶绿的苦楝下，叶子遮住了骄阳，树荫下好清凉。大妈的脸上烧得通红，支持不住了，就歪倒在土坎上，哼叫着。大妈是残疾人，自然衣裤与众不同，上身是粗大的黑对襟衫，扣子只剩一颗，几乎袒露。下身是肥胖的灰色口袋裤，一根长久使用的又黑又粗的布带子系着，活扣儿早松了，白屁股露出一半。

　　大妈生病期间，生怕我跑开，掉到屋后的河沟里。烧得迷迷糊糊的了，大妈那只仅存完好的左手，抖抖地解胸前那颗扣子，喊我吃她的奶。大妈的奶子又焉又瘪，我正准备趴在大妈怀里吮吸时，听见屋后有脚步声响，顺手从旁边掐下几片幽幽的绿色叶子，盖在大妈白亮亮的屁股上了。大妈迷迷糊糊中,觉得屁股好清凉,一摸是几片叶子,感动地流了泪。

大妈把我当娇子引,她的几个伯哥伯弟嫉妒了,也要把他们和我一样大的女儿,交给大妈引。大妈不肯,说引两个伢子责任大,她还要跛手跛脚烧火安置出工的女儿、女婿。伯哥气愤了,手指戳向大妈指责说:"家的不引专门引野的!"

大妈忍气吞声,没有引大伯哥的伢子。那年,乡下捎信,说大妈病危了,我和妻子一起探望。

那是冬天,寒风刀一样刮着,放眼望去,衰草遍地,枯树残枝,河沟竭泽。赶到大妈家,已近黄昏了,残阳吐血。大妈家早盖上了砖瓦房,已是儿孙满堂了。她住的西厢房,有股老年人居住后呛鼻的霉味儿,妻子掩着鼻,我却感到有一种久违的亲切感,好像回到了童年时代。大妈蜷缩在一张古式木榻上,她的蚊帐熏得昏黑,破了几个大洞,被单又乱又脏,乱絮从破处中挤出来。她不停地咳嗽,呼吸短促。

倏然,我感到鼻子好酸,真想放声大哭,只得含泪地喊声"大妈!"就坐在床前。大妈困难地睁开眼,见是我,挣扎着蠕动,唤我乳名,枯瘦的手抖过来,我紧紧握着,感到冰凉发抖。听大妈断断续续地讲,她都活了七十多个春秋了,死也死得了,现在又瘫了,阿屎阿尿不方便了,阎王爷怎不快要我的命了,见上我一面满足了。

没想到这是最后的诀别。不仅,就传来大妈逝世的噩耗,那时我眼眶里早盛满了思亲的泪水。只因大妈生前的影子,大妈慈母般的爱,在我的心灵上打下深深的烙印,尽管岁月如梭,冲不掉抹不去,使我怎样做人,振奋向上!

我的满族"巴巴"

在这个世界上，我有三个奶奶，一个是我父亲的母亲，一个是我母亲的母亲，还有一个是我母亲的养母，她们都是我的亲奶奶。

我这里所说的，是我父亲的母亲，她就是我的满族奶奶。

路隔十里，乡俗不同。我的满族奶奶，在那个地方，把奶奶都叫"巴巴"，所以我也一直叫她"巴巴"。

巴巴生于哪年，我已经不记得，前些年没有问过父亲，但她老人家过世好像是1982年，那时候也有80出头，这样算起来，巴巴大约在1890年出生。我父亲是老幺，他只有一个姐姐，我叫大妈的，大我父亲20多岁。她招女婿。早年，我爷爷过世早，巴巴眼睛瞎了，家里又穷，靠我父亲的姐姐，就是大妈当家，父亲就去做了女婿，本来是姓刘的，做女婿了，连姓名也改了，姓上李了。

父亲做了女婿后，每年都要回几次娘家，逢年过节，我都要去父亲的娘家，看望我的巴巴。在我小的时候，我记得巴巴的家住的是八大间的木房子，很气派的。但八大间不是我巴巴的家，那是解放前地主家的房子。我巴巴和大妈的成分是贫雇农，解放后才分得地主家房子。大妈在家招了女婿，养了几个儿子和女儿，他们长大了，各立门户，我的巴巴就靠我的二堂兄伍哥。

听我父亲生前讲，也听我伯伯和堂兄说，巴巴是满人，是荆州城那里的，好像是在灭满的时代，她家从荆州古城逃到沙市，居住在沙市红门路旁的张沟一带。在 80 年代初，沙市那里有我巴巴的亲戚来寻过亲，后来不知所以。我爷爷姓刘，名叫刘明德，巴巴姓陈，名叫陈顺喜。我父亲在解放前就到他母亲的出生地打短工，但他也不知道我巴巴她母亲家还有什么人。

记忆中的巴巴，我一年中最多见过两次。我 10 多岁的时候，她就年逾古稀了。她一直住在堂兄伍哥的套间，只有 10 个平方，那时候，堂兄家没有盖新房，还是过去的八大间房，又旧又破。小时候，巴巴给我的印象，她特别的喜欢我，可我就不在她身边。那是因为是他儿子的儿子呗，大妈毕竟是招女婿，我才是真正的刘家后代。

巴巴那时候就已经腰弓背驼了，且头发蓬散，满脸皱巴巴的，衣服穿得破破乱乱，更为严重的是她眼睛不好，后来就双目失明了。当然，巴巴是靠大妈和堂兄的照顾的，她眼睛不好多年，几乎多年卧床不起，还靠他们端屎端尿，是很不简单的。

我记得巴巴最喜欢说这么一句"我的儿，格狗郎的。"

巴巴说的是一句纯正的荆州沙市话，特别好听。尽管她在乡下过了大半辈子，乡音不改。还有巴巴爱抽大烟，抽的是很粗的烟叶子。所以巴巴的牙齿是焦黄的，她的房间充满一股烟味儿。我的大伯也抽烟，他们家前后种了不少烟叶子草，长大了就砍了，在阳光下晒上几个太阳后，就像腌菜一样捆成一堆，用石头压上一段时间，挤干水分，就成了烟叶。

巴巴的烟瘾很大，一天到晚不停地抽。后来，我听说她没有烟了，就将床上的棉絮捻成烟棒子当烟抽。

听父辈们说，巴巴年轻时就抽大烟，我不知道，什么叫大烟，大烟按说应该是一种很高档、很讲究的烟了，可惜我没有见过。我小时候都是过年去巴巴那里的，给她老人家拜年。买的东西不多，一点儿点心什么的。巴巴总是把我拉在她怀里，口口声声叫"我的儿，我的亲，格狗郎的"。巴巴也总是很不好意思说，"我的儿，巴巴没有东西给你呀！"的确，巴巴那时候已经老了，吃了多年的闲饭，她又有什么呢？她那时候年老体弱，双目失明，自己都无法生存下去。

现在想起来，我也很惭愧，作为她的孙子，我没有尽到一点孝，充其量只是每年走 30 多里路给她拜年，也没有给她买上一件衣服，一包香烟，真是儿时不懂事啊，对自己的亲奶奶都没尽上一点孝心。

前些年，我拜托过不少熟人，去沙市红门路旁的张沟去打听，在那里有没有姓陈的人家，有没有姓陈的满族家庭，一无所获，可能是年代久远了，老辈的人都不在了。

记得巴巴死的时候，我也有 20 岁了，我随父亲去的，那样的场面很热闹，那时候，我的巴巴家是五世同堂多年，儿孙满堂。她在 90 岁高龄去世，也是喜事。她卧床多年，离开这个世界也是解脱。

有时候，我只要在和沙市的人吃饭闲聊时，我会情不自禁谈起我的巴巴，说她姓陈，是灭满那年从荆州城逃到沙市，又从沙市逃到乡下。我没有忘记说，是我姓刘的爷爷出了一个银钱，买到的便宜媳妇。还说，我的巴巴是满族，满族是贵族，也是大户人家，我的身上也充满了贵族血液！不管我怎么打着巴巴是满族人的牌子，但我的巴巴的过去和来历不清楚，她的家庭，她的出身，她一切，永远是一个谜！那里面蕴藏的是一个心酸、残酷的故事。后来我上网查了一下，荆州灭满那年是公元 1911 年，满人被称为"满匪"，"满蒙八旗居东城，最多时满人殖民者达到 2 万 5 千人"、"1911 年 12 月 16 日，革命军唐牺支所部占领荆州城，在荆州道署设荆宜司令部。为了清除满人殖民侵略者，汉族起义军大杀满人殖民侵略者，可是看脸相却分不清谁是外来满人殖民侵略者，谁是中国自己汉人。于是有贤人出了个主意，在城门边写上 666 三个字，让过往行人念，念'楼北楼十楼'的汉人通过，念'溜百溜十溜'的满人殖民侵略者被拖到门边砍头。那时当地有句民谣：'溜百溜十溜'城里杀满州。经过中国汉族起义军和荆州汉族民众的赶杀，先后有 2 万名荆州满城殖民侵略者据点内的八旗满族人死亡。荆州大起义共歼灭满族八旗殖民侵略者 2 万名。"看了网上的文章，触目心惊，想一想，我的满族奶奶就是死里逃生的一个幸运者了！

只有以此文中片片断断的文字怀念我的巴巴了！

我的岗上婆婆

我母亲有三姐妹,她是老二,在她7岁的时候,就过房到族上叔叔家做女儿,后来招了上门女婿。听大人们说,岗上婆婆家成分不好,解放以来低头做人。我母亲才过房了。

我母亲的妈叫李永珍,喊外婆的,可我们叫她婆婆,因她住在李家岗,小时候就一直唤她岗上婆婆了。

岗上婆婆没有兄弟姐妹,招了上门女婿,大她10岁,长得又矮又黑又丑,还是个死了老婆的过婚,他去世得早。我小时候,常在岗上婆婆家玩,因我家离李家岗只有二里多路。岗上婆婆就常常问我,易长,你家秦老婆子对你好不好?易长是我小名,是因我小时候不好养,取名易长的含义就是容易长大成人。好在我的名字有些土,但比村里一些不好养的伢子叫沙牛、母狗子、捡宝的好听。秦老婆子就是我的婆婆,她姓秦,和族上爷爷"搭伙"没养人,抱养我妈做女儿,把我这个孙儿子像当宝贝。我告诉岗上婆婆,爷爷奶奶对我很好很好哩!岗上婆婆显然对我的回答不满意,因为她以为和我是有血缘关系的人,外面的婆婆不会好的。岗上婆婆的不高兴还有一层意思,就是我常常把她叫"岗上婆婆",为什么前面还加个"岗上"呢,就不能直接喊婆婆?那样亲热一些。

我小时候也会说,岗上婆婆一样亲,和我家婆婆一样亲。我家婆婆多,还有我爹的妈,也是叫婆婆的,不过路隔十里,乡俗不同,我呼她老人家"巴巴"。

岗上婆婆意味深长地告诉我,易长儿啊,我才是你亲婆婆哩!

我不知道一些社会关系,对她的话我半信半疑。有了她的教唆影响,有次家里的婆婆说了我,我就气她,秦老婆子,你不是我的亲婆婆,我的亲婆婆是岗上婆婆哩!

爷爷奶奶一贯纵坏了我,我就常常叫婆婆秦老婆子。那时叫她秦老婆子时,她就又急又气又笑,样子显得生气,心里甜丝丝的。可是我说出她不是我的亲婆婆了,她就急得哭了起来,哭得一把鼻涕一把泪,边哭边嘀咕:我把你一把屎一把尿拉扯这么大了,你就这样对待我啊?是哪个告诉你的?肯定是岗上那个老婆子说的!她是你亲婆婆不成?哼!看见婆婆哭了,我就心软了,也吓慌了,一边给婆婆赔礼道歉,一边拍马屁,我说着玩的,你不生气啊,你才是我的亲婆婆哩!婆婆马上就不哭了,就破涕为笑。我想,好快啊,我的婆婆可以去当演员,说哭就哭,说笑就笑。

我妈是过房的女儿,所以岗上婆婆对我们一家格外关怀、惦念,主要对象就是我了,是因为我是唯一的儿子。记得我在镇上读高中的时候,应该有16岁,也不小了,可我没有礼貌和知识,还有些虚荣心。那天,我正在上课读书的时候,听见岗上婆婆的声音了:易长儿,你在哪里啊?易长儿,你在哪里啊?我当时一惊:怎么岗上婆婆来了?

她来干什么呢?易长儿,我的易长儿在哪里啊?她的声音持续不断,由远及近,快到教室门口了,听课的同学们都在互相望着,连老师也放下手上的粉笔朝同学们看,意思是在等那个叫易长的快站出来。那时,岗上婆婆快60岁了,身体也不是很硬朗,腰有些弯。我先是忍着,但我受不了岗上婆婆亲切的呼唤声,同时那一刻竟对婆婆生出痛恨的情绪:岗上婆婆啊,你为什么叫我小名啊?这让同学们知道了多不好哦!我就不答应,低着头,红着脸。我这样的异常,被老师和同学们发现了,我才硬着头皮出去。我一出去,果然同学们哄堂大笑。我想,在笑我吧,笑我的样子呗。我一出去,岗上婆婆笑眯眯迎上来,像个孩子似的高兴地大叫,哟,我的易长儿在这里啊,我看你来了!

我那时候应该是阴沉着脸吧,应该是满脸怒火吧,应该是横眉冷对吧。我一言不发,把她朝远处一个僻静的角落拉,停下来时,劈头盖面没好气地说,你来干什么? 谁要你来看我? 你还叫我的小名,丢我的人啊!

岗上婆婆一点也不生气,她清楚自己的孩子从小就这样惯坏了的,就笑嘻嘻地说,我来赶场,想你了,顺便看你一眼!

我还是不领情,你走吧,快走,再不来了啊!

岗上婆婆还是笑嘻嘻,像做错了事,好,我再不来了。伢子,我看了,就走,就走! 岗上婆婆在我不断地催促下,高高兴兴地走了。

岗上婆婆最爱给我说媳妇,我恰恰是最反对的。她老人家不忌舌,到我家来一次,就爱在我面前,用手摸我的头,易长儿,不小了哩,该说媳妇了。

我什么不小了,我那时候才 12 岁,根本不知道媳妇是怎么一回事。

岗上婆婆就说她们李家岗有个女伢子,蛮懂事,模样好,问我喜不喜欢。我就反对,我不要媳妇,我不喜欢! 她不在意我的反感态度,唠唠叨叨又给我说一门,我就不高兴了,狠狠地说,鬼要你操心,你说喜欢,你弄去做媳妇。

岗上婆婆就哈哈大笑,她不气,又说出一门,说那女伢个头高,有力气,将来会做事。我家的婆婆也在旁边听,配合她说,是啊,要听话哩。就这样一直唠叨到我 18 岁了,岗上婆婆没有放过为我说媳妇。我长大了,也不像过去那样骂人了,就笑着不表态。后来,我还是讨了媳妇。在我的男孩子两岁时,我那时已在机关跑腿了,家也搬到镇上。岗上婆婆已有 80 多岁了,她那时候十分苍老,风烛残年,且得了一个全身发痒的病,双手不停地挠身上。那天,她坐便车到了我家,是为了看我儿子的。她看我的儿子胖乎乎的可爱样子,就忍不住用手摸,我们知道她的手常在身上抓痒,怕有什么病菌感染给我儿子,就直言告诉她,岗上婆婆,只看不摸,你摸不得哩。

她很知趣,就说我晓得。可过不了一会儿,她的手就又伸向我儿子,要摸他的脸蛋。我和爱人就轮番守着她,生怕她摸我儿子。

那次应该说是岗上婆婆最后一次来我家了，过了不久，她就病了，好像得了健忘症，什么人都不认识，大小便也失禁。

我和爱人最后一次看望她时，她孤单单地睡在套间里，房里弥漫一股老年人难闻的尿气味。

我说，岗上婆婆，你还认识我吗？

她再也不会叫我易长的小名了，只是一个劲地傻笑，认识啊。

你说我叫什么？

我知道，你是我的亲人！岗上婆婆傻笑着，但她就是叫不出我的名字了。

我大声告诉她，我是你的亲孙子，易长啊！

她还是傻笑着，我知道，你是我的亲人。

不久，岗上婆婆就死了。我常常叹息：我的爷爷奶奶一个个都走了，连父亲也因高血压中风过早地走了，亲人们到底去了哪里？难道人生就是生死离别吗？父辈们给予我无穷无尽的慈爱，正当我来尽孝报恩的时候，他们就都消失了。特别是岗上婆婆，我是她众多的孙子中最喜欢的一个。我没有给她买一件衣服，没有尽孝服侍过她，只有童年和少年无知时给她的心灵伤害。现在想起来，我就内疚，痛苦，遗憾，剩下的只有怀念了。

有天，我把怀念岗上婆婆的心情告诉母亲，这时我的母亲已年逾古稀了。母亲告诉我一个秘密：岗上婆婆不是我的亲婆婆，我的母亲是一个孤儿，两岁就被岗上婆婆收养，视如亲生。

黑苦荞茶的清香

钓黑鱼

儿时，我最爱钓黑鱼了。自备一根又长又粗的竹竿子，买一个黑鱼钩，用又粗又牢的塑线系着土蛤蟆当锈铒。土蛤蟆和癞蛤蟆一个模样。不过个头小些，一般藏在翻耕的农田里，土灰色，没听说它能吃，但它是黑鱼的美味佳肴。黑鱼钩从土蛤蟆的屁股里面穿过来，钩全部藏在土蛤蟆的身体里面。

黑鱼一般藏在堰塘里，杂草丛里的蒿排中，因为那里最为隐蔽。有时也躲在刚露出水面的荷叶里面，那是在晒太阳或者闲游觅食。有个别黑鱼，则喜欢暴露在光天化日之下，在水面上荡。我钓黑鱼一般去堰塘或者杂草蒿排多的河渠里面。钓黑鱼的季节是夏天，天气比较热的时候，戴着一顶旧草帽，轻手轻脚的。黑鱼最为敏感，一听见风吹草动，就一转身，掀起一簇浪花，躲在深水中了。钩黑鱼的方法很简单，只是把挂着土蛤蟆的钩，寻找杂草中没有被水面草类覆盖的水面，轻轻地上下抖动，酷似一只土蛤蟆在水面跳动。隐蔽在里面的黑鱼，看见水面上出现了土蛤蟆，就游过来，狠命咬上朝深水里面钻。此时，只听见黑鱼叭的一声响，和水面上的微水浪花，还有黑鱼钻进深水里面后所翻上来的气泡层出不穷。那渔钩上的线就随它往下钻，直到它把钩整个吞下了，就猛地朝上扯，黑鱼就被挂上拉出水面，在空中荡漾。如果，黑鱼一咬钩，马上扯竿子，没咬紧，黑鱼会吐出钩，只是把黑鱼的嘴皮子挂破一点儿。钓黑鱼时，要有牢实的线，有的黑鱼大，它会钻进草丛，或水里有树枝障碍物什么的，就会把线拉断。还有一种黑鱼不好钓，那是刚繁殖的黑鱼

蒙子,也就是一公一母两只黑鱼,带着几十上百条小黑鱼子,它们一般会不顾忌什么,大大方方在堰塘里游荡,小黑鱼成群结队在水面上,黑压压的一片。两只大黑鱼就在前面带路,隐身在水中央,只是偶尔露出水面。

这时候,黑鱼很少上当了,因为它格外警惕,它带着十分艰巨的任务,只带子女们游玩,或者是集体行动,大的黑鱼不会自私自利去独吞佳肴了。即使有馋嘴的黑鱼吞了钩,被扯起来了,另一只黑鱼就不会去上当了,它迅速带着子女们撤退,朝塘中央去。

通常,人们捕捉这样的黑鱼,是用叉捅,但又不是很好捅的。小黑鱼太小了,大黑鱼隐在水中央,偶尔露一下。人们只有躲在一旁,手握渔叉,寻找机会,寻找黑鱼露出水面的时候迅猛一击。小时候,我没有钩这样的黑鱼,更没有用渔叉捅它们,因为它们肩负重担,要把鱼孩子们哺育长大。

钓黑鱼的时光一晃都几十年了,现在的堰塘和湖已经没有了,就是河渠的水也不是清清的,不少都被污染了是黑的,鱼虾基本上不多了。还有用电打鱼的人,把鱼都快搞绝种了。

钓黑鱼只是对儿时一种美好的回忆,但那时候的鱼多,好像钓不完似的,越想就越觉得儿时的生活是多么的美好啊!

捉鳝鱼

我在湖乡土生土长,祖辈是勤恳的农民。我们那地方叫李儿岗,大多是李姓。

过去,李儿岗四面环水,出门皆坐船。在我小时候,湖大多变成良田了,但沟沟坳坳多。这些河沟里鱼不少,良田里也有鱼。因为我们那地方地势低,下一场大暴雨,就变成白茫茫一片,仅露出来长长的湖草和高高的田埂。

春上,爷爷耕田回来,总要用草蒿穿上一串鳝鱼。这些鳝鱼藏在田里,犁田时破坏了它们的洞巢,就会游出来,爷爷的榆木鞭杆就不客气地击昏鳝鱼。

我10岁左右就会捞鳝鱼,方法多种多样。

一种方法是晚上捉。大约在春末夏初的晚上,备一个三节电筒,穿双长筒胶鞋,拿一把用竹子制作的卡子,挎着一个竹篓。

这时候春暖花开,空气清净,初犁的苗田平坦如镜,水清见底,虫叫蛙鸣。鳝鱼会从埂中的洞和泥中钻出来透气觅食。电光照在它身上,一动不动的,用右手指抓,它乱扭乱咬,你必须又准又快地抓,极快地塞入篓中。用竹夹比较稳当,一夹它就注定当俘虏了。有的鳝鱼精,当中指或竹夹一触水面,它就吓地游走,你必须下水紧追,这就怕水搅浑,水浑了它就钻进泥中。除田里找外,还可到浅水沟、水渠边找,那些鳝鱼藏在草丛中。随便一个晚上,就可捉一篓子鳝鱼。

另一种方法是白天钓。自制一根长约一尺的铁钩,套上蚯蚓,到田埂河渠边找洞眼。有鳝鱼的洞眼水是浑的,微微晃动。铁钩轻轻放进洞眼,口里轻嘘着,手把河边的水弄响,那洞中的鳝鱼,不知死活,嗅着饵味,张嘴一咬,把铁钩一提,哧溜溜地拉出来,丢进篓中。也有闪失的时候,咬了钩的鳝鱼把钩吐出来,又缩回洞中,再也不上钩,可过几天再钓。有的饿馋,哪怕钩挂伤了也再咬,它还可随钩引出来,尖脑袋露出洞外。有的洞眼在水田里,用手抠,顺着洞赶,直到把鳝鱼揪出来。有时手伸进洞去,鳝鱼就从另一个洞眼出来,在水里游走。

还有一种方法是下钩捞。自制数十根1米左右的竹竿,到镇上买些小铁钩,用2米左右的塑料系牢,线拴在竿子头。天黑之前,到渠塘边,预先带

把长铁爪子,先在水里弄个窝,把杂草拨开,再把上蚯蚓的钩竿放下去。次日清晨,提着篓子收钩,那鳝鱼一般缠在杂草中,因为它吞食了铁钩上了当,挣脱不掉就乱窜,够凄惨的。

捞鳝鱼还可用竹篓子,里面扎几条蚯蚓做诱饵,把竹篓放在渠塘边。鳝鱼能进不能出。小时候,我捕捉了鳝鱼,积攒起来,交给大人们拿到街上卖。它们不值钱,几角钱一斤,也可卖点钱。大人们为了奖励我,就把街上的白馒头、锅开、油条买回来,我和妹妹们就吃得香喷。

现在,鳝鱼越来越少了,捕鱼的人连筷子一样细的鳝鱼也不放过。现在捕鱼的方法也先进了,都是晚上用电打,已经到了竭池而渔的地步了。

唉,童年时代的捞鱼方法真令人怀念,可惜一去不复返了。

给母亲配手机

大妹妹一家从外地打工回来,给母亲带来了一个旧手机,就是没有卡。我对妻说,给妈买个卡号,充点话费,让她也过过手机的瘾。

妻很贤惠,说可以,可以的。妻还告诉我一件事,我们后面住的高妈,和母亲一样大年纪,她的女儿给她买了一个手机后,她就拿着手机在母亲面前摆弄过,母亲睁着羡慕的眼光看高妈。妻分析说,妈可能想玩手机。

我想,自父亲去世5年后,母亲全身心地扑在我们身上:做饭、洗衣、拖地……凡是家务事,总是抢着做,不让我们做。我、妻子还有儿子三个人,在家好像做客,什么事情都不做,好幸福!

其实,给母亲配手机,也没有什么必要,因为,我和妻子都有手机,我读高三的儿子也有手机,家里二楼上也有座机,母亲打接电话可以到二楼去。

当然,给母亲配手机也有理由的,因为二楼有时来了电话,母亲听不见,或者要上楼去接,也不方便。我的几个妹妹她们都在外地,如果她们打来了电话,母亲有时不在家,或者听不见,就会接不到。再说,现在用手机也用得起,至少单向收费,接电话不要钱。这样想,我就悄悄为母亲买了一个卡号,花了50元,里面含话费,只接电话的话一个月的月租只要10元钱。母亲听说我给她买了卡号,就说,用不起,太花钱了。我说,一个月只花10多元,不多啊!我们3个人的手机,一个月就花好几百哩。

我告诉母亲怎么接电话,比如,按绿色健是接电话,按红色健是关机等。当天,我就通过上网或用手机发短信给我的妹妹她们,告诉她们母亲的手机号码,要她们给母亲打电话,特别要求她们经常给母亲打电话。当天,我的小妹妹就在外地给母亲打来一个电话。母亲听见手机响了,十分欣喜,正在做饭的人,赶忙拿起手机,贴在耳边接电话。过了一会儿,我的大妹妹从浙江也打来一个电话,母亲当时正在走路,听见电话铃响,也是十分欣喜,就把手机贴在耳边,眼睛还朝身边看了看,很张扬地大声说话。我也做到每天尽量少打座机,尽量给母亲打电话,报告我今天或者不回家吃饭,或者在外面什么时候回来,让母亲放心,让母亲体验接电话的方便。

当然,我还要告诉母亲,让她学会用手机打电话,学会打字发信息的话,那是最好不过的事了。不过,这项工作很重要,也很复杂,需要时间,需要精力,让我的母亲在这个信息时代也时髦起来,让她的人生过得充实和丰富多彩!

给母亲买冬衣

冬天快到的时候，我一直想给母亲买一件好点的羽绒服。母亲长年操劳，服侍我们，默默无闻。我知道母亲节俭，舍不得花钱。过去，只要是我提出为她买羽绒服时，她就直摆手，说，算了，算了，你买不好的，我自己买。她甚至威胁我，你买了我也许不喜欢的，那我不会穿！结果，她自己只花了不到80元的钱，买的都是质量不高、淘汰了的。她好像挺满意的，爱不释手，在我面前显出十分高兴的样子。其实那样的腈纶棉衣，样子还可以，就是不暖和，又不经穿，洗一次后，就没有质地和色彩了，但母亲说喜欢，我想，她是对衣食方面太节俭了，一心为我们着想惯了的。

这次，我到街上的一家羽绒服专卖店，想精心为她挑一件上等羽绒服。我看了下价格，不多，只300元左右，适合老年人穿的，也十分大气，我用手朝里面摸了摸，绒毛厚实，很暖和。我和女老板还了一下价，260元就成交了。我走时对女老板笑着说，假如我母亲她过来问价格，你就说只100元。女老板和我母亲认识，她笑着答应了。我这几天听了预报，说明天就开始来寒潮，我揣着羽绒服回家去给母亲穿，正是雪中送炭啊。

母亲吃了一惊，第一句话就问我花了多少钱？

我故意说，贵得很哩。

母亲马上就不高兴了，多贵啊，你说。

我说花了100元哩！

母亲就说，不要你买啊，花了100元，也贵，我有衣服穿哩！我说您一定要穿，我已经买了。

母亲开始接受这个价钱，她把羽绒服摸了摸，就慢慢穿在身上，的确很合身。她显得高兴，口里还在说，100元太贵了，我不要，你退人家去。

我说，怎么不要，我已经买了。人家老板喊价是200元，我还价100元哩！母亲就没有作声了，答应明天开始穿。

第二天，母亲穿着新羽绒服故意到隔壁曾妈家去，她有些张扬的样子。曾妈是一位老女人，手脚不方便，我母亲经常为她买早点，为她洗衣服，她们的关系很好。曾妈说我母亲的羽绒服很大气，很美观，很好看，问她花了多少钱。

母亲就自豪地说，是我儿子买的，只花了100元钱，好划得来啊！母亲还说，100元她心里疼哩。

曾妈说，你穿好合身，又这么便宜，质量这么好的，你儿子蛮会买东西，他在哪里买的，我也想买一件。

我母亲就告诉曾妈那个店子。曾妈马上就要我母亲一伴去那个老板那里。正好老板在，曾妈说要买一件和我母亲一样的羽绒服，结果曾妈个子高，没有合身的。曾妈还是不死心，就要女老板为她定做一件，女老板答应了，就为曾妈量了身材。接下来就要谈价了，女老板说不少于300元。

曾妈大吃一惊，就说和我母亲她一样的羽绒服，怎么价格就不一样了？这明明是欺负我吗？我母亲正站在那里懵懵懂懂的时候，女老板就趁机把曾妈的衣角拉了拉，曾妈是个十分精明的老人，她们就在一旁嘀嘀咕咕谈价了。结果，这笔生意没有做成，曾妈就故意当我母亲说，100元我也不要了。

晚上，母亲把曾妈买羽绒服的事情讲我听了后，我心里一惊，幸亏女老板和曾妈配合得好，如果我母亲知道羽绒服的真实价格后，那她就舍不得穿那件羽绒服了，她的心里起码要疼好长一段时间，就再也不会要孩子们给她买的东西了！

生命因放生 而美丽

捡谷穗

捡谷穗,是我童年时代最有意义的劳动。

那是暑热尚存的秋天,更是收获的季节。捡谷穗,稻子收割以后,晒干捆扎,成了草头,被男人们挑到禾场上去,那散落的谷穗,遗留在田里,成为我们的目标。

我们这一群伢子们,像一群鸭子,一哄而起,纷纷到空田里捡谷穗。一穗一穗地捡,一把一把地扎,一捆一捆地码。我们捡的谷穗不是拿回喂鸡,也不是碾后做粮食,而是交公的。我们的心里装着集体,谷是集体大田里的,谷穗是公家的。每晚,队里的记工员,就把我们所捡的谷穗一把、一扎、一捆,过秤记数,算工分,一个工分多少钱。每当一放学,我们就到谷田里捡谷穗。

那时,女人们拢谷、捆谷、男人们挑谷。稻田里充满一股股稻谷成熟的气息,收获的人们脸上挂满了喜悦,那是一幅美丽的画面:女人们汗流浃背地捆呀捆,一个劲地干;黑脸的男人们赤背扛着钎担,一捆一捆地挑呀挑,口里喊着劳动号子,一声高过一声,赤脚踩在松软的土地上形成一条条深深的脚印;伢子们瞄着挑草头的男人,只要一块田的草头挑完后,快速跑到大田捡谷,一去一来,不漏一穗。捡完一把,扯青草一扎,放在田埂上,等到捡上大把大把之后,扎成捆子,挑到禾场上去。

在捡谷穗的孩子们中,也有乖巧的,乘人不注意之机,潜入未挑草头的田里捡;也有品质差的,在未捆的谷田里偷。但他们所捡的,不是没收,就是扣秤,大人们听到自己的子女不争气后,就气得直瞪眼,晚上回去扇伢子几巴掌。在捡谷穗的人流中,也有个别老人,他们的眼睛不太好,总是垂着躬腰;他们的步子不太快,慢吞吞的。他们捡的谷穗最少。夕阳西归时,扛着大捆大捆的谷穗来到禾场上最得意。

禾场上坐满了人,有男人,有老人,有女人,有伢子。大大小小的谷垛山一样耸立。把谷穗交给记工员一称,小小的谷穗捆就被码上高高的谷垛上。大人们看到伢子们捡谷穗的成绩,就用粗糙的手,摸着伢子们的头,目光中充满赞许和爱怜。在收获的季节里,捡一季谷穗,可挣不少工分,得一笔可观的钱。也有自私的大人们,他们把儿女捡的谷穗不交公,悄悄拿回去碾了做粮食。那时搞集体,队里把谷脱穗,晒干扬杂后,先交公粮,后进行分配,也是按人头和工分分的。分到的谷穗,那叫口粮。我们那时候捡谷穗,表面上只是挣工分,心里却装着集体,一丁点儿杂念也没有。

如今,分田到户几十年了,各家稻田里的谷,收拾得干干净净。捡谷穗已成历史了,那是一段美好的回忆。

扯秧草

20世纪70年代初,我读小学。那时没有分单干,村里兴记工分。我只有10岁,每晚帮大人们扯秧。

在一块大田里,一陇陇绿油油的苗田秧,像女人齐耳的短发;深约尺许的水,在微风中轻轻荡漾。苗田秧又像待字闺中的女子,透露出成熟的气息。从农村出来的人都知道,苗田秧扯了,洗净兜底的泥块,露出灰白色的秧须,一把把用篾草扎好后,挑到田里去插。

扯秧时节,大约都是太阳西下擦黑的时候。因为,白天大人们出工,只有晚上扯秧,次日早上由男人们把秧挑到大田里,女人们白天插。那时,我们这些大小伢子一放学,书包朝家里一丢,腰扎篾草,腿系裤袋,就朝秧田里赶。帮大人扯秧,其目的既体贴父母,又挣了工分。队里的记工员,拿着丈量的木杆尺,端着一个记工表,量平方米。扯秧是有任务的,根据家里大人们多少分。

扯秧的时候,任务一分,家里老老少少齐上阵。我的父亲在村里当民兵连长,爷爷晚上放牛,奶奶要烧晚饭火,几个妹妹太小,我就成了母亲的帮手。我最怕扯秧,就是怕水里的蚂蟥。蚂蟥大的有蚯蚓那么长,叮在腿肚上,又痒又疼,用手抠不掉。蚂蟥叮得紧,又吸血,瘦瘦的身子,吸饱血后圆滚滚的。后来,我用布袋套住腿子,那小蚂蟥就钻进里面去,直到扯秧完了,解袋后才发现。有时,那蚂蟥顽皮,顺着腿肚朝上爬,直爬到裤裆里,吓得我哭爹喊娘,朝田埂上跑,心惊肉跳。

扯秧是最脏最累的活。秧田里缺水,秧苗扯不动,喜欢断根。水蓄多时,那秧苗又带泥,一扯一大坨,洗也洗不净。扯了秧洗时,泥水溅到身上、脸上和头发上。夜蚊子咬脸,手一拍,脸上有泥又有水。说不定手上带了小蚂蟥,挠头皮时留在头上,也不知道。说不定小蚂蟥在头发里安营扎寨,生儿育女,那就严重了,非把头发剃成精光不可。扯秧要弯腰,时间久了,腰杆又酸又疼。站起来吐口长气,捶捶背,是最惬意的。

农忙季节,扯秧一般要扯到夜里10点钟,才摸黑回家。农户中伢多又大的,做母亲的最舒服,不仅工分挣得多,而且收工早。农村人都有团结协作的精神,先进的会帮助落后的,落后的扯完了,大家收工一路回家,扯着闲话儿,叙着家常。

扯秧的时候,大人们和伢子都集中在一块大田里,大家相互说着话儿,但都不想在插秧时讲荤话,因为自己的伢子们在身边不雅观,话题很多,涉及男女之事几乎没有。女人们在一起最大的弱点是吵嘴,起初正正经经讲话,不知句把话得罪了对方,就相互挖苦,吵架。一直发展到双方亲朋好友,形成对峙。但争嘴后过不了几天,双方在一起干活时,又串口讲了话。

秧扯完了,在河渠边掬捧清水洗脸,两腿在水面上摆几摆,然后就披星戴月回家,这一天算是画了句号。大人们一般走在后面,伢子们夹在中央,一是怕踩着路上的水蛇,二是怕碰着孤魂野鬼什么的。大家都显得轻松,家里香喷喷的饭菜等着回去享受,而这时的肚子又饿得咕咕叫了。大人们就跟伢子们许诺,今晚挣了多少工分,赶明儿买双鞋,买件新衣裳,伢子们的脸上又有笑意,又有困意,直打哈欠。

扯秧记工分的年代已经过去了,当年的父母现在都已经做了爷爷奶奶,享清福去了。当年的伢子们都进入了中年,自己的儿女长大了。扯秧,是农村永久的话题,只是时代不同了,现在的伢子们都过着娇惯的生活,不会再帮母亲下田扯秧了。对于重体力活,大多请外来工,1天付上100元工钱也不奇怪。

现在想起来,儿时扯秧时代似乎遥远,恍如隔世,又犹如昨天,令人回味。

友情如歌

时下,美女很多, 40岁以下或者以上的半老徐娘,男士们一般都称为

美女,尽管她们或胖或瘦,脸上有雀斑,皮肤黑,眼睛小,鼻梁高,五官不够端正,或者身体部位不是该突出的偏偏不突出,一马平川,但人们总是在不同场合,叫她们美女。美女们当然愿意听,很高兴、很惬意的样子。我的领导,才是一个心地善良的美女,她高约1.65的个头,袅袅婷婷,身段苗条,脸蛋白皙;自然卷的长发披肩,且错落有致;明眸闪烁着柔和的光,给人一种亲切感、信赖感,气质优雅。

我和她在机关同事20多年了,她是1992年11月从体校毕业分配到机关工作的,当时她在计生办,我在企业办公室,都是在二楼,彼此之间熟悉,没有工作上的来往。1997年,机关里面搞政治学习,领导要求大家上台交流心得体会。有天,我正在家里睡午觉,听见我母亲在喊我,说有人找。我正起床时,就听她的声音,她到了我家二楼,好像在说打扰我午休。她准备了一个体会发言稿什么的,要我帮忙修改一下,我当时满口答应了。

1998年,我当时在镇企业党总支任副书记,负责党群工作,那时她凭着自己的水平和能力当上了镇团委书记。有天,她让几个总支的副书记邀请到她家里玩了一天,吃饭菜看很丰富。那年她25岁,已结婚了,有一个可爱的儿子。应该说,从那年起,她就是我的领导了。但她直接领导我的时候,是从2005年开始,那时我在镇党政办当副主任,因为没有主任,她分管党政办公室。她是在2001年11月就进入镇党政班子,先是副镇长,后是党委组织、统战委员。在2005年和2006年两年中,由于办公室没有设主任,我一个人的担子重,在她的领导下,我工作很卖力。她负责组织、统战、人事工作,手下没有办事员,配了一个,后来不适应,经常换,不够稳定,当时她的工作压力大,情绪不是很好,还要代管办公室,十分辛苦。就因为她为人好,我经常帮她写材料,还为她做一点事情。我在党政办工作5年后,觉得很累,给领导们申请同意后就于2007年3月分配到她的办公室当干事,具体负责组织、人事、统战工作,镇里有一名副书记瞧得起我办事,把人大工作也交给我,从此,我和她在一个办公室里工作了4年多,结下了深厚的友情。

她是一个孝子。她进党政班子时间不短了,她的爱人在市区工作,在城区住,她每天往返市区。她完全可以找领导调到区直任何一个单位上班,可是她不找领导,她说愿意在土生土长的乡镇工作一辈子,这都是真话。因为,在小乡城里,有她的娘家,有她80多岁的爷爷,还有60多岁的母亲。还有一个正在读大学的弟弟,她的父亲长年在外打工。

她的爷爷和我父亲是老朋友了,他是一个老中医,体弱多病,80多岁的人了,在街上摆摊悬壶济世。在他老人家生病卧床期间,她每隔几天就去看爷爷,我也陪她去过几次。因为,我父亲早年去世了,我把她的爷爷,也就是我父亲老朋友,当作自己的爷爷了。

爷爷其实在80年代前认识我,他是一个虔诚的佛教徒,我也学佛,我总是安慰爷爷,叫爷爷念佛,减轻疼痛。那时爷爷已是病得枯瘦如柴,就是缺氧,上气不接下气。我见她对她的爷爷很关心,眼神里流露出的是无限疼爱和忧愁。好像是2008年的热天,她爷爷受不了病魔的折磨,用玻璃把动脉划破受伤,她闻讯后看爷爷去,我也跟着去。那天,她爷爷全身是血。我和她把爷爷安顿好,清理现场,好言安慰爷爷。我那时候就觉得她是一个了不起的孝子。

在爷爷去世的三周之年,我从她口里知道她娘家要为爷爷"除灵",我和妻子一起去。那天,她家里没有通知亲人,只有她和她爱人,她的弟弟强强。我为什么要去,不是因为她是我领导,而是因为我大她11岁,是她的哥哥,她的爷爷是我父亲的老朋友,就是我的爷爷!还有她对我家的关爱至诚至真。

她的母亲,我一直叫大妈的,她在菜场旁摆摊,我每天去菜场都要经过那里,我每回没有忘记和大妈打个招呼的。她的爷爷去世几年后,她还是舍不得想办法回市区,她心疼她的妈妈,她深爱她的妈妈!我和她在办公室,只要提起她的妈妈,她总是有很多话,她说妈妈勤劳、善良、辛苦……我从她的话语里,我的确也感受了大妈的勤奋。不是吗,她从读书到结婚,她的弟弟上大学,都是大妈勤扒苦挣,操心操劳的。所以,她经常去她妈妈的摊子里,陪妈妈说话,帮妈妈做事,给妈妈捎带好吃的东西。

　　她是一个贤妻良母。她有一个幸福美满的家庭,她的爱人在区地税局工作,她有一个脾气温厚的婆婆,还有一个可爱的儿子,正在读书。她的爱人长得英俊潇洒,为人厚道、爽快,夫妻之间恩爱,郎才女貌。我经常听见她在办公室用手机打电话,一讲就是好几分钟,有说有笑,十分幸福。外面的人不知道,会想她是在和外面的人吧,不是,她是在和爱人打电话。我有时间她,你们天天在家,又不出门,把话留回去说不迟。她就是笑,很幸福地笑。她有时候情不自禁地在办公室当我们说,她和爱人结婚十多年,从来没有吵过架,也没有红过脸,相亲相爱,相敬如宾。大家听了,都很羡慕。她在外面没有社交,她不像一些女人天天打麻将,也不在外玩,就是有同学或者同事约她出去,她会找一些理由委婉推脱。她最喜欢看电视剧,大多是言情,一看就是大半夜。她的心软,经常为电视剧的人物感动得流眼泪。她最怕参加追悼会或者看望病人,她见到那个场面,会比丧家的人哭声还大,或者流的眼泪还多。她每天很早起床,为她的儿子做西餐,她主要是为儿子磨豆浆,弄好吃的东西,给儿子补身子。有一段时间,她每天带一个大的塑料瓶子,装满两斤多重的豆浆,从市区带到办公室来。每次总会叫我拿来一个杯子,为我倒上满满一杯。我经常喝,既幸福,又感谢,还不好意思。

　　她的心很善良,也温柔。我和她的桌子靠在一起,大多时间面对面,我大她的,她对我很尊重,总是李主任前,李主任后的。我呢,也是一贯尊重她,从来不和她开玩笑。只是有时候说一说笑话。她从不以领导自居,在我面前指手画脚,官腔官调,安排工作总是商量的口气。在她面前,我从来办事不推诿,工作起来很开心,就是事情多、压力大,有时候发发牢骚,但事情还是去乐意地办好。男女搭配,干活不累嘛,大概就是这个道理。但我从来不和她开玩笑,是因为她是我领导,我是她大哥。和她同年龄的人,跟她开玩笑有时过分了,我在旁边总是流露出一种不满的情绪。过后,我提醒告诉她了,她反倒一笑说,不要紧。这说明她大度,不计较。我这个人的缺点也多,就是有时候为一点小事情,或者自己使性子,在某些事情的决策上,不听她的，和她闹别扭，板起脸，不高兴。她很敏感，总是笑着，柔声问我，直到我笑了才满意。有次因为办公室添置电脑的事情，她听别人说买手提的好，我说买台式办公好，各执一词。她那次忍不住说了一声，是你说了算还是我说了算。我听了，觉得自己伤了自尊，赌了一天的气。她在我生气的时候，就把她桌子里面的零食扔给我，望着我笑。我见她这样子，就不生气了，最后她还是依我买了台式电脑。

她喜欢吃零食，她抽屉里是个零食杂货柜，什么豆奶、咖啡、糖果、饼干不断，她每次吃的时候，都不忘给我一份。有时候，我吃了，有时候我舍不得吃，就连她送我的咖啡和豆奶，放在我的抽屉里，现在都过期了。我有时候和爱人在家里争吵了，或者某某事情不愉快，她见我情绪不正常，就开导我，劝我想开一些，不要把事情想得那么坏，开开心心地过。有了她的劝导，我的心情就好了，豁然开朗。她很抬举我，我们经常去陪一些领导或朋友吃饭，在饭桌上，她总是当人家的面，恭维地说我是省级作家，出了好几本书，还是全国小小说作家50强的人物，这让人家对我刮目相看。那是2010年，区里成立文联，我们去开会，她作为分管镇宣传工作的领导，在开筹备会的时候，就给我发了一个信息：你看到了吗？真为你高兴，你受到全区通报表彰！我当然看见发的材料了，全区就我一个人受到通报表彰。这个信息，我一直保存到现在。

她是一个好妹妹。我自己有4个妹妹，她们大多不在身边，每年回家一次。平常，我在工作上把她当领导，内心把她当妹妹了。她因公出过几次门，也自己一家三口在假期出门旅游，她没有忘记给我捎带一份礼品，这些礼品的价值都不轻，蕴藏着一份珍贵的情。她知道我有时感冒咳嗽，她去钟祥玩，就曾给我带回清肺的百合。她去上海，就给我爱人带回燕窝，我爱人放在家里吃了一次，剩下不慎丢失了，她听我在办公室说了，就把她自己的一份又送给我爱人了。她的爱人出门了，或者别人送给她家的珍品，她总是给我家带一份。机关一个女同胞去香港，回来给她带回一瓶好的香水，她送给我，叫我转给我爱人。她家里有什么吃的东西，或者市区卖的东西，她给我带回

家。她知道我儿子喜欢吃凉糍粑和面糕，就给我捎一份，她还给我母亲买好吃的糕点。我2010年因荨麻疹在市区住院半个月，我为了不影响工作，就打半天针，上半天班，心想只有这样才能感恩她对我及家人的关怀。她和爱人到医院看望我两次，后来又买了很多礼品送我。我和爱人感动得说不出话来。我的已经出嫁的女儿得了孩子，她知道后，为我的外孙女买了200多元衣服！其实，我和她在一个办公室4年多，她给予我的关怀，给予我家人无微不至的情意，太多了。而我给予她的很少，只是在工作上尽力尽心，没有她那样心细，没有她那样体贴，没有她那样关怀。

我这人比较老实，机关如果有人说我什么，我一般不作声，但只要她在一旁，她总是巧妙地替我说。一次，一个领导和我开玩笑，他见我穿了一件新衣服，就说你都穿新衣服啊。她在旁边说，李主任就不能穿新衣服吗？他穿新衣服很好看！又一次，我在办公室说电脑方面还差一点技术，有个小字辈领导对我说，您是作家，电脑不玩通怎么行？她在那里，接着说，李主任已经不错了，不是每个人什么都能行，有一项特长就行了！

还有一次，在开大会之前，一个主要领导拿着一份讲话稿，和我半真半假开玩笑，这个材料写得好，你写不出来吧？她也在，见我有点不知所措，她竟然这样说，李主任什么都会写，没有他写不出来的材料，他的小说散文都写得那么好，还在乎一些材料。当时，我好感动，她为了我，为了帮忙我说话，就说直话了。

她是一位可亲可敬的好朋友。2011年2月底，她因分工调整，分管其他工作了。我们还在一个机关，天天照面，但我的心很失落。因为，在这个机关我工作了20多年，我没有交一个真正的朋友，过去的党委书记宋贵华应该是我人生中最关心我的领导，她更是我人生中遇到的最关心、最体贴、最温柔、最美丽的一位好领导了！那是3月中旬，她和机关的女同胞出门去海南，回来后，她给办公室捎来四袋海南特产，给我请回一本《智慧三十三画》的佛书。她知道我学佛多年，就花30多元在海南的一座寺院请的。我依稀记得，过去她出门也为我请过佛书。她也曾经对我说，在机关里，你的人品好！她还对我说过，和你在一起，不别扭，就是出门或者出差，心里踏实。但她也说，和其他男同志一伴办事，她都小心翼翼，不自然，不自在。我把这些话曾经讲给我爱人听时。我爱人叫我珍惜和她的友情，我一听，我的眼眶湿润了。她是一个美丽、善良、温柔的女性，是一个可敬、可爱的朋友！更是一个美丽的小妹妹！我愿在今生和她像亲戚一样走下去！

黑苦荞茶的清香

2011 年的一天，是我十分难忘的日子，也是我终生铭刻在心的事情。我过去的女领导来到办公室，把一袋黑苦荞茶轻轻放在我的桌子上。她对我说，是她爱人在外地专门为我买的，是降血压血脂的。我当真欣喜若狂，对领导爱人的关心太感动了！过去，我和领导在一个办公室好几年，对我在各方面的关照已经是无微不至的了，令人今生难忘。但她的爱人为我买一袋降血压茶，真是不是兄弟胜似兄弟啊！

我在 2004 年就患上了低危高血压，头几年，我以服降压药贝他乐克为主，我曾经请女领导从市区药店带药，想必那个时候，她的爱人就知道我的血压偏高了。

我把苦荞茶的说明看了看，是四川凉山州出品的，茶呈颗粒状，灰色，1斤左右。我慢慢拆开后，可闻到颗粒茶的淳朴的清香，倒上 10 多颗茶，用热水一冲，清香扑鼻而来，且口味纯正。我平常喝茶不太讲究，有时候抽屉里

生命因放生 而美丽

也放一点降血压的苦丁茶，还有市面上的毛尖、绿茶之类的，对茶无研究，也无嗜好。但自从有了苦荞茶后，我每天早上放个10多颗粒，可以泡上五六次。余香不减，喝得津津有味。

后来，我听女领导说，不仅颗粒茶能泡了喝，而且不喝了也能嚼着吃，味道也可口。我就一试，其言不虚，当真可作零食享用，余味无穷。

人就是有些虚荣心，每每早晨我掏出塑料茶袋的时候，有点显摆的意思，故意让同事们看见。有一次，机关一名同事看见我饮颗粒茶，有点好奇感，我就不告诉他，让他猜想去。我不想告诉他，是因为不想让他知道，以免让他知道了羡慕，甚至产生嫉妒。但我办公室的同事还是知道了的，也是我告诉他们的，我告诉他们，也是一种感恩，一种喜悦。其他办公室的同事，是不会知道的。上次有人问，这茶这么高级，哪来的。那人问，是因为我不会买这种茶，也舍不得，其实我也不是爱喝茶的人。我当时就理直气壮地告诉他，想知道吗，我告诉你，这是我的弟弟给我买的！众所周知，我怎么有弟弟呢，我只有几个妹妹，但妹妹都不在身边。那人就算了，不再问了。

是的，我每次喝茶的时候，我就幸福，莫名其妙的幸福感涌满全身，我想，我喝的不是茶。因为表面上是茶，但内涵是一片情，朋友情，友情，人生中最宝贵的友情。友情是用金钱换不来的，珍贵得胜似无价之宝。

我女领导的爱人，我们多次在一起吃饭，他是一个很好的值得信赖的人，不仅是我和他同一个姓，更是他的人品，还有我和他多次交流谈话，十分投机，十分融洽。

应该说，我从内心里把他作为我最好的朋友了。还有，我把自己近几年出版的几本新书，赠送给他们的时候，我没有忘记在散发墨香的扉页签下：贤伉俪雅正。的确，在我所了解的夫妻之中，他们是一对相亲相爱的夫妻。我多次听女领导介绍他时，她总是很幸福地说他好，说他们夫妻结婚10多年从未红过脸，说他们夫妻经常长谈至深夜，话儿说不完似的。

我听后，总是为他们的幸福高兴，总是默默地祝福他们。

在祝福他们的时候，我也觉得自己很幸福，那是因为我的一生中遇到一个温柔善良的好领导、好同事，也遇到了一个好兄弟而荣幸！也不虚此生！

　　另外，给我的人生之路带来了阳光、温暖，让我也产生把爱奉献给人类的时候，人生的价值就会更大、更辉煌、更完美的思想和情结。于是，我的心灵会更加明亮起来。

第三辑

Sheng Ming Yin Fang Sheng Er Mei Li

生命因放生而美丽

神奇的雾雨峨眉

自古"蜀国多仙山，峨眉邈难匹"。我早就被"峨眉天下秀"的旖旎风光所诱惑，这一愿望终于实现。

那年金秋十月的一天下午，暮色降临，旅游车驶进开往峨眉的山道，沿路绿树成荫，暮霭迷漫，汽车绕着山道环行。坚挺的岩石，潺潺流水的山泉，从车前掠过，远山朦胧，汽车缓行；乳白色的雾渐渐裹住若隐若现的山峰；山风钻进车窗，清凉、爽目；参天的树木，竖起长长的绿墙；已近深秋，却别有一番春意盎然的风光。

我在半山腰的一家旅馆下榻。翌日凌晨4点，本指望去观赏金顶的七彩佛光。哪料天公不作美，下起蒙蒙细雨，只得随车直奔雷洞坪。天未亮，漆黑的山峰，黑乎乎的一片，车在山道盘旋，隔窗可见细细的水珠，可见远处的灯火。虽是雨天，上山的车可不少，进得山门，天快亮了，群山显露模糊的轮廓；山间羊肠小道，崎岖陡峭，峰回路转，怪岩矗石，古树奇姿，车在上面如履钢丝，心提到嗓门上了。

天渐微亮，透过车窗，细水纷纷，山雾朦胧，山崖、绿树、溪水、虫鸣在雾中晃动。车到雷洞坪，天已大亮，千山初醒，雨雾遮目，不少山民租借棉衣，更有抬滑竿的山民殷勤吆喝。下车后，细水夹着冷凉，滑进颈脖，有凉丝丝的感觉，薄雾拂着脸颊，好比一只柔嫩的手，轻轻摩挲。顷刻，全身上

下缀满晶莹的水珠。上接引殿坐索道,要走 20 分钟的山路,曲折通幽,拾级而上;山道弯弯,细雨沙沙,飞雾飘洒,石阶湿漉漉的;山中古柏森森,溪流潺潺。

上接引殿后,爬上金顶要个把小时,而乘空中索道只要 5 分钟。峨眉山索道是一条现代化往复式客运索道,起站接引殿海拔 2540 米,止站金顶,中间无支架。据说是我国海拔最高、单跨最长、坡度最大的一条高山架空索道。坐在可容 40 人的车厢里,隔窗瞰群山,只见白茫茫、雾茫茫,什么也看不清,雨雾好比一只特大的白布袋,群山被装进去了,难识真面目。

5 分钟好快,眨眼到了金顶,顿感冷风凛凛,雨雾浓重,手一伸,就可捞出一把雨水。一看手表,模糊的针上指向 7 点 50 分。照相的、耍猴的、叫卖的、烧香的、旅游的,人影幢幢。每个人的身上、头上、脸上,挂满细碎的雨珠,十米开外看不见人,只是雾,飘动的雾。雨雾又似一张大网,网住了金顶,峨眉山被整个罩没了。顺着人们的脚步,依次向金顶高处攀登。

此时,金顶殿堂响起洪亮的诵经声,波及苍穹,在雾的海洋上扩散,把人带入那虚无缥缈的仙宫。涉履寺宇,一尊高大的普贤塑像映入眼帘,不少香客顶礼膜拜。站在云浓雾密、苍苍莽莽、高出"五岳"、直插云端的峨眉金顶之上,置身于茫茫云海、飒飒冷风之中,摒弃杂念,似有超凡脱俗之感,心像插上飞翔的翅膀。蓦然,我又嗔又喜这奇异的雨,缠绵的雾。

——不见日出地平线上冉冉升向天空,红霞溢彩流光。

——不见云静风清白色的云层之中射出七彩佛光,普照祖国大好河山。

——不见蓝天白云下从山麓到山顶重峦叠嶂、沟深壑幽、紫烟缭绕的气象万千。

——不见登高望远、沃野千里,江河横流,大千世界的千姿百态。

这雨,这雾,是大自然的另一种颜色。这雨、这雾,是大自然的另一种珍品,正尽情挥洒,在装点峨眉山,给峨眉山增添了灵秀!

是啊,雾雨峨眉,有如美女的面纱,给峨眉山增添了一种神秘、隽永;雾雨峨眉,恰似余音袅袅的一首歌,使人难忘、回味、咀嚼,联想一种美丽的境界;雾雨峨眉,是另一种美,是另一种风景!

哦,峨眉山,有机会我还要拜访你!

我的母亲观世音

家家观世音,户户弥陀佛。

在中国,应该说,观世音和弥陀佛的名字家喻户晓,妇孺皆知,特别是观世间菩萨,虽然是菩萨果位,还不是佛,但她是古佛转世,以大慈大悲、救苦救难普度众生,深受世间众生爱戴。传说中,观世音菩萨是男身,但她为了亲近众生,化成女身来广度众生。所以说,观世音是美的化身,是善的化身,是慈悲的化身! 就像她的名字一样闻声救苦、造福大众。我一直认为,我的母亲是观世音,为什么这么说,因为我的母亲的学名和小名中有观世音的名字"音",还有,我的母亲善良、慈悲、乐善好施,忘我的境界,就是观世音!

我想写《我的母亲观世音》的前因,是基于我在 2010 年 6 月在市区医院住院的时候,那天我一个人躺在病床上,突然,我想起了母亲,顿时我热血沸腾,我想起母亲多年对我的慈爱和关心,想起世态炎凉,我想,我的母亲对我这么好,对周围的乡邻这么好,她一定是观世音。只有观世音才这么慈悲、善良。我把母亲和观世音相比较,太像了,顿时,我在病房号啕大哭,我暗暗发誓,我一定要把母亲的精神写出来,我也一定要学母亲那样济世度人,关心别人,把爱献给人间。

生命因放生 而美丽

母亲出生于 1941 年 6 月 16 日（是阴历 6 月 16 日），在她 7 岁的时候，家境贫困，她被过房给族上没有后人的叔伯叔叔做女儿。母亲上有一个姐姐，下有一个妹妹。母亲到了 18 岁，招了女婿。母亲个头不高，只有 1.5 米左右，瘦瘦的。年轻时母亲在生产队出工很出色，插秧、割谷、上堤挖河，虽然个头小，但小巧精干。听母亲说，她在年轻的时候，插秧没有哪一个人比她强，她曾经当过原江陵县的劳模，到县里开过会。我问过母亲，奖证还在吗？她说弄丢了。我父亲 60 年代在村里当民兵连长，70 年代在村里当支部书记，母亲不以自己家里人是村干部，就与众不同，一样的本分务农，支持父亲的工作，做好贤内助。

母亲孝敬双亲，对我的爷爷和奶奶视如自己的父母，从来不和他们争吵，既当儿子，又当媳妇，维持家里的安定团结。特别是我的爷爷和奶奶不是"一根头"，他们是半路夫妻，所以，我的家就是个"组织"家庭，但有我的母亲，不是一家，胜似一家。

母亲先生了我这个儿子，实指望还给我生一个弟弟，做伴的，结果，一连生下了四个妹妹。儿多母苦，母亲和父亲先为我忙结婚，后一个一个把妹妹嫁出去。还把我的爷爷奶奶送上山。其间，母亲和父亲过着相当朴素的生活。

在 80 年代初，父亲调到镇上，全家随迁，余下爷爷奶奶在乡下，后来也搬过来。我们全家栖在镇邻一个破旧的房里，住了三间，旁边的牛粪奇臭无比。慢慢地，我们在 1984 年盖起了四间平房，全家人搬上新居。为了生活，母亲和父亲在街上摆地摊卖糠，后来，又和父亲拖煤，维持全家人的生活。

1996 年 6 月，我在集镇买了一幢三层楼房，钱不够，是母亲和父亲把他们身上仅有的钱支持我，剩下的为我借钱，借了他们还。我在那年自费出版小说集，是母亲把她的私房钱给我，让我去武汉出书。

母亲和父亲生活相当简朴，母亲特别抠，她抠的是自己，她舍得把钱给了孩子们。90 年代中，她和父亲在街上做小生意的时候，晚上饭菜没有油腥子，一般不买肉鱼，她把积积攒攒下来的钱，给了我——她的宝贝儿子。那时候，我读函授大学，我要转正，我的 2 个孩子要读书，都是母亲和父亲在背后全力支持我。

2000 年后，母亲和父亲送走了我的爷爷和奶奶，搬到楼房和我们一起住，可惜好景不长。父亲在 2002 年因高血压中风了。在以后的几年中，母亲的整个身心都扑在照顾父亲的身上，同时，还为我家做家务。父亲中风后生活不能自理，母亲就耐心照顾他，没有怨言，一直到把父亲送上天。

父亲走后，母亲全身心地扑在我们身上。应该说，多年来，我没有做过家务，忘记了怎样做饭、洗衣服了，这一块都是母亲做的。

母亲在家里闲不住的时候，就抽空到街上捡破烂，我多次叫她不去，说捡破烂怕人家笑话我这个做儿子的，不尽孝道，让自己的母亲在外面捡破烂。母亲说，我不偷不摸，怕什么呢？再说，我在外走动一下，也活动了身子骨。但我后来还是没有让母亲继续捡破烂了，是因为她在捡破烂的时候摔了一跤，还有捡破烂太脏了，不卫生。

母亲在捡破烂的时候，她都做好事，如果看到流落到街头的疯子、傻子什么的，她不是给钱人家，就是马上回家，把家里面的米饭和菜给人家端去。看人家没有衣服，就回家动员我，把旧衣服给人家穿。母亲乐善好施，我也欢喜，当然支持她的行动。记得有个 40 多岁的流浪汉，是个哑巴，经常在菜场讨饭吃，就地睡觉。母亲有天把他引到家里，叫我把旧衣服拿出来，她叫那个哑巴到井台上洗了个大澡，让他把衣服穿得规规矩矩，一点也不像个流浪汉，又给他盛了一大碗饭菜，让他吃了个饱。那个流浪汉走的时候，冲我们点头示意。我家离菜场近，凡是附近的流浪汉都得到了我母亲的照顾。母亲以捡破烂为名，在外面做一些力所能及的好事。

母亲脾气好，她从来不和人吵架，就是别人故意找她碴子，她一是忍，二是让，笑着脸面对人家。所以在我的母亲的一生中，她没有和人争吵过，就是我有时候说她几句，她也不生气。我爱人说她有时候家务没有做好，或者饭菜怎么样，她只是一个劲地笑，不生气，就像一个孩子做错了事情一样的。

隔壁的一些老人总爱和我母亲一起玩。街上谁家老了人，办丧事，母亲就和一些老人去听大鼓，唱山歌，凑热闹，送一送过世的人一程。

　　前几年,我家隔壁有个胡奶奶大我母亲快 20 岁,她要请一个人照顾她。胡奶奶多病,价格出得不高,没有人愿望白天陪她,晚上也陪她。可我母亲跟我们商量,说她愿意去照料胡奶奶,家里的烧火洗衣做家务同样不误。我不答应,是因为母亲也快 70 岁了,应该享福,还要去安置人。母亲就劝我,说胡奶奶的儿子都不在身边,说胡奶奶和她投缘。母亲安置胡奶奶大约有 4 年时间,直到她老人家去世。

　　母亲白天给胡奶奶洗衣服,晚上陪她睡,照料她。一个月只有 150 元,这恐怕在这个世界上是最低的工钱了,但我母亲乐意这样。我想,如果没有我母亲对胡奶奶 4 年中的精心照顾,胡奶奶不会多活几年,是因为我母亲把胡奶奶当作自己的生母一样照顾起居,无微不至。胡奶奶一刻也离不开我的母亲,她都不自然起来,胡奶奶的儿女对我母亲感恩戴德。母亲也不爱财。有次,母亲为胡奶奶洗旧衣服,发现里面有 2000 元钱,母亲即刻把钱还给胡奶奶。胡奶奶接到钱后,说她已经忘记自己把钱放在哪里了,就是我母亲不给她,她也不知道。我们家里如果弄一点好吃的,母亲就要用小碗盛上一点,对我们说,"只当我吃了,给胡奶奶吃,伢子爱衣,老人爱食"。

　　隔壁左右家里不管有什么事情,母亲总是主动帮助。曾妈害病多年,生活不能自理,老伴为了生计经营老年人的茶馆。曾妈经常请我母亲为她洗衣服,我母亲二话不说。曾妈有时候想吃一点东西,就请我母亲为她端。曾妈有时候生病了,想请巫医马脚看看,我母亲就多次为她看,不管风吹雨打,我母亲随叫随到,不讲条件。有次,我有点看不过去,心疼母亲,就说她太多管闲事了,母亲就据理力争,说人家身体不好不方便,说隔壁左右的,帮帮忙算什么!

　　母亲的心肠这么好,我当然听她的。我的 4 个妹妹,她们是最让我母亲操心的,从出嫁以后,大事小事,鸡毛蒜皮都让母亲担忧。就说大妹妹,她有 2 个儿子,后来他们都得了病,老大好了,可老二从小到大,一直头脑不清。母亲总是担心她的 2 个孙子成人,大的结婚了,母亲心里的石头才落地了。三妹妹,一直不争气,好打牌赌博,家里不和睦,儿子读书无人管,我管不了,母亲也管不了。后来,他们一家破裂了,三妹妹在外面打工去了。总之,我的几个妹妹中,母亲一直担心她们,如果晚上她做梦,梦上她们其中的一个了,母亲就指使我打电话给她们,问她们好不好。

母亲对我的关心应该是最大的。在2004年我父亲去世后,我也害高血压和神经衰弱的病住院,有几年都是病恹恹的。母亲为我担忧,生怕我出事了,生怕会步父亲的后尘。那几年,我每天上班前,都是母亲亲自为我买过早的,在家里吃。现在也是一样,我只要想吃什么,母亲就会去菜场为我买,到街上为我买,把我像小伢子一样惯纵。这么多年,我和爱人在家没有烧过火,没有洗过衣服,没有拖过地,就连我下班回家,母亲把饭给我盛好,吃完了饭,把热茶也放在旁边,像招待客人一样。还有,我只要早晨起来,去洗漱去了,母亲就会为我们叠被子。还有母亲给我们洗衣服后,把衣服叠得整整齐齐,放在衣柜里。还有,我们楼上楼下的地板,都是母亲趴在地下,用抹布一层一层地擦。还有,只要我和爱人想吃什么,她都会去街上买,买了弄给我们吃。还有,有时候我和爱人争吵几句,她就在旁边劝我,叫我忍一下。还当着我的面,批评我。我明白母亲是在顾全大局。背后,母亲也会劝我,叫我忍一忍,不生她的气。有一次,我爱人发了脾气,当着我母亲的面骂我死。母亲劝不好,就偷偷抹眼泪走开了。那天下班早,我去隔壁找母亲,她正当着胡奶奶的面,伤心地哭。我问她哭什么,她说她骂你死,我受不了,就要哭。母亲说,她对你怎么都可以,就不能骂你啊!母亲对胡奶奶说,我的儿子是我从菩萨那里求来的!后来我才知道,父母结婚4年才有我,当时不怀胎,爷爷奶奶和母亲就去庙里求菩萨,求了4年啊!

母亲对我的子女也更关心。小时候,父母在做生意,但还是抽空照顾她,现在大了,一样像当命根子,特别是我的女儿有了孩子,她对外孙女格外亲,一个人做家务,还每天承担照顾重孙女儿的任务。她一天不看见重孙女儿,就六神无主,虽是72岁的人,但她精神好,把对孩子们的爱化作动力。

母亲没有事情的时候,就喜欢做花鞋垫,她的花鞋垫做得很好,上面一针一线的,缀上一些小花朵。我家这么多年来,没有买鞋垫,都是母亲做的。穿着母亲做的鞋垫,我们走路的时候踏实、舒服。

生命因放生而美丽

母亲一生很节俭。她从不乱花钱，自己穿的相当朴素，吃的更不用说。比如，她吃饭都是最后一个上桌子，等大家吃完了她才吃。或者，她拈一点菜在旁边吃，就像一个小媳妇一样。

还有，这几年，母亲把捡破烂的钱，还有我妹妹们给她零用的钱攒了1万多了。前几年，她看见人家装了空调，她要我买一个空调，她出了钱。后来，她把5000元的存折交给我，说她不会花，也没有什么要花的，要我拿去用。还说，怕有朝一日她突然走了，这个存折就丢了。我对她说，我们为您先存着。母亲还说，吃的用的都是你们的，我用不着钱！

母亲太善良了，太美了，她就像观世音菩萨一样伟大，想的都是别人，爱的都是别人，忘记了自己！母亲就是真正的观世音！天下的母亲都是观世音，把爱洒下人间！

家家观世音，户户弥陀佛。我为有这样的母亲幸运、幸福！

一只翻毛皮鞋

1978年的冬季，令我十分难忘的日子。那年，我在岑河中学读高中，16岁。那时候我的家庭在村里经济状况算是凤毛麟角，我父亲在村里当党支部书记，算是"有权有势"了，但我父亲正直、善良。家里有爷爷奶奶，他们的身体都很硬朗，在生产队里挣工分。那时候一个学期的报名费也只有几元钱。

一个星期天，我从学校回家，母亲告诉我，父亲给我定做了一双翻毛皮鞋。那是一双半长筒皮鞋，黄牛皮的，外面布满细细的黄色绒毛，里面有厚厚的绒。我试穿了一下，暖呼呼的。好气派，好威风。

那是初冬了。我在晚上去上学的时候，就把这双翻毛皮鞋上的带子系在一起，放在我的一个大背包上。背包里面装了几瓶腌制的酱菜。学校生活苦，只有萝卜白菜，水煮盐拌，5分钱一点点。我和我大妈的儿子五生结伴去上学，他和我年龄相仿，我大他3个月，我是哥。下午5点左右，我和五生一起上路，那时没有车子，只有步行，不要2小时可以到校。冬天的夜比较短，走了一半路就天黑了。那天有月光，时隐时现的。我和五生一前一后走着。路是泥巴路，乡间的路高低不平。大约在7点半，我们就到了学校。

在我解下身上的包时，发现那双翻毛皮鞋剩下一只了。顿时吓得出了一身冷汗：怎么丢了一只哩？马上，我和五生一伴，沿途找了回来。冬夜有些冷，我和五生借助时隐时现的月光，在路上摸索着寻找那只翻毛皮鞋。虽然那只鞋子只有20多元，在那个时候是一笔相当可观的金额，在学校几乎没有一个学生能穿得起这么昂贵的皮鞋。就连我弟弟五生也是羡慕不已，那时他的家境不是很好。我那时家里条件好，是支部书记的儿子啊！但这只鞋子的丢失，我怎么好向父母说呢？那是父母的积蓄，也是关爱啊！

在找鞋的路上，只要路上有黑乎乎的东西，我们都很惊喜，上前去摸，结果不是石头块子，就是牛屎。到了家里的时候，我诚惶诚恐，编好了谎话，我对父亲母亲说，我忘记拿学习用品了。父母们都信了我的话，那时已是深夜11点多钟了，我们在路上找了4小时。我想，丢鞋的事情暂时不告诉父母，过一段时间再告诉他们，那样他们会把这事淡忘的。当晚，五生没有回自己的家，就在我家住了，第二天清晨，一伴匆匆去了学校。

大约过了一段时间，我把丢鞋的事情，告诉了父母，告诉了爷爷奶奶，我实指望他们把我骂一顿的，而他们没有埋怨一声。父亲对我说，你不要放在心里了。我心里十分惭愧，为自己的疏忽，把父辈们的心意给辜负了。殊不知，那一双翻毛皮鞋，是我的父母挣了一个多月的工分啊！

　　事隔4年后,也就是1982年,我那时候在镇油厂上班,工作期间,一个邻村的田嫂子和我同事,她家住在集镇附近。我们关系都很好。一次,我讲起4年前在岑河中学读书的时候,丢了一只翻毛皮鞋的事情。她马上告诉我,说几年前,她隔壁的一个叫高豁子的男人,就曾经捡到这只翻毛皮鞋,好像是在一个晚上捡到的。田嫂子还说,高豁子吝啬、小气。

　　我欣喜若狂,因为那剩下的一只皮鞋我还保存着。马上把这个消息告诉我的父母,那时我们全家因父亲的上调都搬到集镇这个村,栖住在一个旧仓库里。我的几个妹妹渐渐地大了,有的在读书,家里没有前几年那样富裕了。

　　我们通过田嫂子的关系,请她去找高豁子协商。可高豁子要价很高,好像是不低于20元吧。那个时候,我父亲的工资也只是27.5元一个月。我觉得舍不得,就不愿意出这个价。可高豁子说不出这个价,就算了,那时候农村有句民谣:捡的是财,金子银子换不来。的确换不来了。以后,这个事情就不了了之了。

　　事隔30年了,想起这桩事情来,觉得有必要把它写出来,不仅仅只是对一只我一次也没有穿的翻毛皮鞋的怀念,同时也怀念我慈祥的父亲——他已经去世8年了,少年时他给我的关怀、温暖!

夏荷

　　童年时,好多事情已淡忘,唯有门前那三亩地大小的堰塘中挺立的荷叶,留给我一片绿色的回忆。

夏日,我爱到塘边饱赏荷叶的风姿:那青翠碧绿的荷叶,给人的感觉有一种扑面而来的春意;那绿,那翠,会想到一掐,就掐出水来。荷叶间,缀着含苞欲放的荷花,像婷婷少女的笑靥;荷梗底,稀稀结着深红浅蓝的野棱角,宛如少女的短裙,随水纹轻摆。

早晨,鲜红红的太阳跃出地平线,给堰塘镶嵌着道道金光;微风佛来,堰塘水面上散出大大小小的水纹,向远处缓缓扩散;荷叶轻轻摇动,似歌女轻吟低唱,歇在上面的露珠儿,滚落在堰塘里,溅起细细水花;那戏水的鱼儿,惊得朝水底钻去,抛下丝丝慌乱的水纹。

小的时候,我喜欢坐在大木盆子,用竹竿撑着,晃晃荡荡,划到堰塘深处,摘荷叶间挺立的饱大莲蓬,摘清甜可口的菱角。人置身荷丛中,犹如置身在一片绿色的世界,夏日的燥热烟消云散,分明有股清凉扑鼻,沁人心脾,好像嗅到春的气息!

但我最爱掐一片硕大的荷叶,将荷叶叠成三角尖的帽子,戴在头顶上,耀武扬威地在村子里走来走去。六月里,如果碰着"跑"暴雨,大人小孩就想到塘里的荷叶,就近塘边,伸手掐一顶,似人撑开一柄绿伞。我奶奶每年做腌菜,常叫我到堰塘边摘几十张荷叶,放在阳光下晒蔫后,再用它封腌菜坛子的口,那腌菜不走味,不变质,一定好吃,品尝时有丝丝荷叶香味。

怀着对堰塘夏荷的思念,那年夏季,我回到故乡。昔日的堰塘不存在了,呈现眼帘的是一块方方正正的大鱼塘。塘中,粼粼碧波,鱼翔水底。我好失望。伫立片刻,我望着鱼塘欣慰地笑了。笑声中,我仿佛又看见一片绿荷了!

忘不了,故乡的堰塘,故乡的绿荷!

生命因放生而美丽

　　小时候,我所生长的湖乡沟渠纵横,鱼虾多,随便出去一下,都会弄好几斤鲜鱼回家,就好像沟里的鱼是家里的菜园子似的。那时候,捕鱼的法子很多,用勾钓,用网撒,用药毒,用叉戳……除捞鱼摸虾外,还有就是捉青蛙。青蛙是益虫,读书时老师就告诉我们,但青蛙肉也是一道佳肴。捕捉青蛙有两种方法,一种文明的方法是钓。把草丛中的飞蝗捉一个,用布线扎起来,系在一根竹竿上。一般青蛙都坐在塘中的荷叶上,悠闲自在的,它看见一只飞蝗在面前跳动,就蹦上去咬着。我就趁势一提竹,伸手将青蛙抓住,扔进竹篓,或者布袋子中去。另一种方法很残忍,就是用钢丝4至5根,磨尖了,扎起一把叉,瞄准水中的青蛙,狠命地扎,一般戳过穿心,青蛙惨叫一声,伸直身子一动不动了。

　　杀青蛙更是残忍,先用刀砍掉脑袋,再剥皮开膛,那被杀的青蛙白生生了,那脚部还在抽筋。

　　想起小时捞鱼、杀青蛙的事情,现在都很后悔,为什么? 最主要的原因,是不懂事,干了一些伤害动物生命的事情。特别是对青蛙的伤害,实在是太残忍了。

　　我大概是从40岁开始不杀生的,应该是受了佛教思想的影响,不仅不杀生,而且寻找机会放生,作为对过去杀业过重的忏悔和救赎。

从小时开始，我就一直喊头疼、头昏，我常把这种疼归于一种病，一直解不开这个谜，但也许是受佛教思想的影响，现在才明白，这不妨归结为一种"因果报应"，小时候杀气重，捕鱼、杀青蛙的残忍，所感应的头疼头昏的"报应"。

有了这种想法，我开始不杀生，吃死去的鱼，不伤害水生动物，就连活鸡也不杀。为了弥补过去的杀业过重的罪过，我学着放生。

有一年七月，我在单位值夜班，下过几天雨，政府大院地势较低，院子里的水退后，一片潮湿。我在二楼阳台上纳凉，突然看见一个黑乎乎的东西，在院子里慢慢蠕动。我分析是鳖（甲鱼），就轻轻下楼去捉，果然是一只一斤多的鳖，我想，原来院子里旁有一口水塘，肯定是从水塘里爬出来的。我把鳖捉住，它乱蹬乱咬，我把它丢在盒子里，用木板盖住，它在里面折腾了一夜。

次日，我把鳖拿回家喂养，一到星期天，我把鳖用塑料袋子装起，我和爱人一道搭车去市区的长江边，把鳖丢进长江。我想，只有把它放在更宽更大的河流中，它才安全。那是 2009 年的 9 月，我母亲过 70 岁生日的时候，我当时许了一个愿：我每年买 300 元的鱼放生，希望放生能为母亲增寿。那年开始，我就去鱼市上，买黑鱼、鳝鱼、泥鳅，用铁桶装好，请车子开到长江旁。长江旁也有一些专门捕捉佛教放生鱼类的人，等放生的人一走，他们用网在下游捕捉。因为一般放生的鱼类都是从小河捕捉的，在市场上喂养了多日，放入长江中，水流湍急，被荡入岸边，这给捕鱼的人造成机会和方便。

放生的时候，都不选择在佛教集中放生的日子，把鱼悄悄弄到江边，乘人不注意的时候放，那样，就安全多了。

放生，这两个字其实很平常，很多人容易做到，但真正做到的人很少。为什么？有些人这样想：一切动物都是人类的美味，是为人类而生存活着的。你不杀，你不吃，别人会杀、会吃。其实不然，一切动物都有灵性，只不过人是高级动物，它是低级动物而已。比如狗，更是灵敏的动物，还有牛，都是人类的朋友。我见到杀狗、杀牛的场面，它们被人制服后，流泪而亡。

我想，放生，就是给一条生命的路。你给它一条生命的路，你自己的路

会更长,更宽广。现代人什么都杀,吃尽山珍海味,吃遍一切活生生的动物,连眼都不眨了。其实,多食一些植物,对人的身体有害无益。

放生,能培养慈悲心肠,每个人都有了慈悲的心,世界就会更加和谐,人类的纷争就会减少,生态就会更加平衡。

放生,我只能说自己醒悟迟了,但我会坚持下去,倡导下去,让人生更健康、更美丽、更自在!

以茅台酒做外交的黎庶昌

黎庶昌是我国晚清时著名的外交家和文学家,他与贵州茅台酒有着许多脍炙人口的故事,最令人感动和钦佩的是,他以茅台酒做外交,也靠茅台酒避免了一场战争。

那是 1887 年,我国驻日本大使黎庶昌,派人来到贵州茅台镇,要购买老窖茅台回沙酒。几家烧房的老板乐不可支,尤其是成义烧房的华联辉更为高兴。华联辉是遵义团溪人,举人出身,受四川总督丁宝桢之托来茅台开办酒业,素与本县沙滩文化名流郑、莫、黎三家往来密切。俗话说,"文人墨客诗酒难分家。"加之仁怀与遵义两县比邻,商贾往来频繁,对于"酒冠黔人国"的茅台酒,自是常常光顾求购,回去享用。可是黎庶昌要买茅台酒,却是为了运往迢迢万里之外,远隔重洋的日本国,这可非同一般。

原来,黎庶昌和郑珍是老表,虽辈分相等,可年龄相差 31 岁。因此,幼小时的黎庶昌曾以表兄郑珍为师，对老师的为人、治学、喜好以及对茅台酒的爱好都很了解，尤其是对老师的诗文，更是酷爱。乃至他出使西洋，东渡日本，回家探亲时，也要阅读郑珍的作品。郑珍与莫友芝合撰的被称为天下第一府志的《遵义府志》，从草稿到成书，他都曾详细阅读，书中提到茅台镇和茅台美酒，给他留下了深刻的印象。黎庶昌在日本担任大使期间，很想用家乡茅台美酒招待贵宾，联络友谊，但苦于路途遥远，不便运送，未能实现。这次黎庶昌回到故乡，是因母亲三年前病逝于上海，他卸职返国守灵三年，黎庶昌缟服入京复命之后，以得再度出使日本。在重返东京前，他特派专人前往茅台镇，购买了一批茅台回沙老窖，打算将这批酒带回日本。

由于黎庶昌具有外交才能。清政府特赏他二品顶戴，晋升道员，出使日本钦差大臣。

当时日本经过"明治维新"后，国势日强，在军事上制订全世界的狂妄计划；在外交上则横行霸道，当然不会把中国放在眼里。黎庶昌目睹这一切，心中自难平静，他想，我堂堂正正一个中国驻日大臣，岂能在小小一个东洋有失大国之尊。但又再三考虑，"以天下为量者不计细耻，以四海为任者不顾细节"。于是采取主动，不屈不挠，不卑不亢地与之周旋斗争。

上溯历史，中国与日本一向"同文同论"，黎庶昌据此积极开展非官方的民间友好活动，广交社会名流，联络情感，增进友谊。暇日诗酒唱酬，推心置腹。故日本友人岛田重礼曾著文说："黎君公务之余，广与绅学士、骚人墨客交，每春秋佳日，选胜张宴，献酬唱和，以摅雅怀，而合欢心，一时传为佳话。"著名文人浅四常赞誉黎庶昌大使："可谓全才之君子矣！"其品行道德，深得日本朝野的钦佩和推崇。由于个人声望的提高，中国使节所受礼待，大大得到提高。据说，这次黎庶昌带回沙茅台到东京后，便在芝山红叶饭馆用此酒设宴招待日本人，日本人发现这是一种特殊香味，浓郁而不干焦，飘香历久不散，饮后空杯留香不绝的好酒，都情不自禁地赞扬，一个个跷起拇指赞不绝口："黎大使家乡的茅台酒大大的好！""如果有机会我们亲自到大使家乡拜访就好了！"就是因为这茅台酒的神奇力量和作用，使日本人

酒后吐了真言。

日本朋友宫岛诚一郎无意之中向黎庶昌透露,过几天,有人将在朝鲜制造混乱,并火烧日本使馆,届时日本政府会以借此派遣外务大臣井上馨率海军兵临城下,胁迫朝鲜割让对马海峡的要地巨济岛和海参崴附近的郁陵岛。当时的朝鲜是中国的附属国,中国政府对朝鲜负有保护的责任。

黎庶昌得知此消息后大吃一惊,但他表面上却显得十分平静,依然和朋友们喝酒、作诗,待席散后才悄悄派人打听。

兵贵神速,出其不意。黎庶昌得到此消息立即派人打探证实后,向总理署及北洋水师两次密电告急。直隶总督兼北洋大臣张树声接到黎庶昌报警电后,遂遣提督丁汝昌于6月25日带兵舰三艘急驶仁川,先于日舰半天赶到,日军见中国军队已经早有准备,只好回航。总理署接电后,也派提督吴长庆率淮军六营于7月12日驰抵汉城,粉碎了日本割占朝鲜土地的图谋。

事后,黎庶昌多次对人说:"幸亏茅台酒帮了大忙。否则,中日一旦开战,不知要有多少生灵涂炭的惨相!"

儿子二题

淡定

儿子去市电台广告部快一年了,干的是临时工,工资来源是靠业绩。儿子年纪轻,才参加工作不久,社会经验不丰富,业务量不大,报酬极低。

一次,他联系了一个业务户,那人愿出 3000 元在电台做广告,儿子跟他算了一下账,竟然建议他不做了。儿子说,3000 元广告费不划算,播一天几百,播不到几天。儿子不忍心让他播广告,钱不多,效果不大,不如不搞。

我听儿子讲完这故事,就批评他,只要人家做,不管多少钱,你都要接。儿子说,人家做小本生意的,我不愿让人家把钱丢下去。

前不久儿子的一个朋友来了,我接待她,我问他儿子情况怎么样,他说你儿子不错,为人厚道,就是口才表达差一点,是个好苗子。

儿子的领导还告诉我一个好消息,一个是儿子创作的"三句半"《和谐电台》,和同事上台表演还获了一个二等奖。另一个是他和一位老师设计的廉政公益广告,在全省获得了一等奖。我听后喜出望外,马上就给儿子去了一个电话,问他这件事,他表情自然,回答说有这么一回事,他还说都是人家创作老师的功劳,不是他一个人的成绩。

听儿子的口气,我真不敢相信,他还二十出头,就那么谦虚,那么淡定。

境界

在市电台工作的儿子回家告诉我一件事,他说今天很不开心,把家里的一包烟拆开,说抽一支解闷。儿子是从来不抽烟的。

儿子联系了一笔业务,是一个卖毛皮的商人,他最先和儿子谈了,在市电台播一播他的广告。儿子为他做了策划,还请了播音员录了音,做成带子,费了一个星期的时间,可是那个商人却撤了,因为商人想在电视台做,要出3万元,商人告诉儿子,他目前手头紧,在电视台做了,电台就没有钱做了,有难处。

眼看煮熟的鸭子飞了,儿子相当沮丧。儿子在电台工作快一年,业务竞争很累很累。

　　我一听觉得这个商人缺乏信用,先和我儿子谈,什么都搞好了,就不做了,太不会做人了。儿子却说,算了吧,我把自己写的方案,还有广告词什么的都给那个商人了。我说为什么给他,你要收他的费啊!

　　儿子说,爸爸,只当和他交了朋友,也只当是我训练自己的能力了。人家做广告有自己的权利,我都没意见了。

　　见儿子这么说,我心中竟然对儿子生出敬意,儿子年轻,有这种做人的境界,虽然他没有把事情做好,尽管别人算计也好,怎么也好。儿子没有记恨别人,甚至体谅别人,同情别人。

　　儿子只有 21 岁,这在很多人都做不到,包括我也有世俗的习气,但儿子考虑的是做人,把做人放在第一位。

　　晚上,儿子又在电脑上做策划,显得有些疲惫,但我从侧面看他,倒觉得儿子很善良、慈悲,这是做人的基础。

雨中的小红伞

　　1989 年 7 月的一个中午,距今 23 年了,是我一生中最难忘的时光。我一直回味、咀嚼那甜蜜的过去。那段时间,我每每去荆州,总是在古城漫步。甚至,多少次,我在那条街上寻觅,寻觅她的身姿、容颜……

　　那年的一个中午,是个雨天,记得那是江陵县搞的一次节能和计量的培训班,结束的时候,主办单位聚了一次餐。散会的时候,愈来愈大的雨珠把这座古城织成密密麻麻的网。学员中一位穿青毛衣的、苗条的漂亮姑娘,撑开一把自动红花伞,拉起一位矮个儿姑娘,走进这雨网。

我那年只有 27 岁,刚进乡镇机关几个月,是领导安排我参加这次培训会的。就剩下我这个"巴乡佬",钉在酒楼的台阶上,孤零零望着河一样的街,流动着花花绿绿的伞……

那时候没有的士,公交车也少,且有站点。等不是办法。我奋不顾身地投进雨网。很快,我的全身上下就像是从河里捞上来一样。

"来,我们三人共用把伞吧!"是穿青毛衣的漂亮姑娘甜甜的声音。

我抬手摸摸模糊双眼的雨水,尴尬地转过头来。这位漂亮姑娘,正冲着我真诚地微笑。她身材颀长,脸蛋白皙,亮眸迷人,鼻翼嵌一粒小黑痣。她含笑地望着我,"我们三人共用把伞!"

同了几天学,她还是第一次和我说话。

"来呀!"她见我傻乎乎地站着不动,把小花伞移过来。我不好意思地说:"谢谢,伞太小了!"

她朝我走过来,"只遮遮头部嘛,免得感冒,反正衣服是顾不了啦!"

我心中一热,拘谨地走进这顶红色的世界中。

她居中,手中的红花伞总是朝我脑袋这边移,有点"倾斜政策"。雨箭还是一个劲地朝这座古城猛射,小花伞保护我。

闲谈中,她告诉我们,前面有个车站,她们的厂在车站旁边,还十分热情地邀请我和那矮姑娘到那去玩。不知为什么,我的脚步渐渐慢了,总希望这路长一些,全身掠过阵阵惬意的感觉。

走着、走着,只听见她轻柔地说了声,"车站到了。"就朝我们一笑。

我来不及说声谢谢,她优美的身姿,顶着一片红云飘走了。

我痴痴地望着她远去的背影,久久的……

第四辑

Dou Shi Song Shu Re De Huo

都是送书惹的祸

那一片绿色

那年我 17 岁。

刚下学，在一家林场守果。

是果子熟透的季节，林场的空气中，弥漫着甜甜的香气。

腊腊和我守一块田。场部请来木工，做了不少木屋。木屋是用几根树条子钉的，上面用芦席揭顶，内设木床。白天，我在田里转悠，渴了，摘几个熟透的梨，吃得牙腻。田里有莲子米，又香又脆，蛮有嚼头。有时，坐在渠边，看潺潺流水，不知不觉在渠边睡熟。那时，腊腊就不叫醒我，帮我照看果子。有时候，我叫她回去休息，留我一人就够了，她不听，望着我笑，那笑又甜又柔。

那晚，月亮还躲在云层里，星星稀少，整个林场闪烁着萤火虫似的光。我和腊腊一前一后朝田里走。木屋放在河渠的坡上，坡上长满碗口粗的杉树，青草、野藤子缠在树身周围。坡下，长满半人身的湖草。腊腊总怀疑这野草窝里藏着人。腊腊胆小，稍有风吹草动，她靠近我，说话声都发抖。

那年，腊腊也 17 岁。

微风轻拂，树影摇曳。林子里的小果树，黑乎乎，大果树，一蓬蓬。腊腊不放心，每隔一会儿，和我用手电筒照。夜深了，东山迟缓地捧出一轮月牙儿，悄悄地走向中天。天变得暗蓝了，那月牙儿像个娇羞新娘，愈显清亮，温柔动人，把些亮亮的光丝，轻轻抹在树叶上，那软软的光，调皮地从树叶隙里

漏下来,洒在木屋上。风很温柔,甜丝丝、香喷喷的。

"呀,有人!"我身后的腊腊惊讶地叫着。忙转身,靠近腊腊,见她的手抖抖地往果林里指,"那像有人!"我连忙将手电光唰地射去。嗬,是一只肥胖的灰兔子。她听说是兔子,扑哧笑了。回到木屋,腊腊蛮有心眼,折些杉树枝子,铺在空荡的木床上,把床铺得软乎乎的,便和我端坐床头。

夜更深了,月下的那些果树,一棵棵,一丛丛,一片片,都染上朦胧的光影。轻纱似的薄雾,慢慢裹住那些疏枝密叶。渐渐地,腊腊和我坐得很近了。后来,她困了,直打哈欠,支持不住了,歪倒在柔软的木床上。夜有点凉,我毫不犹豫地脱下身上那件衬衫,轻轻盖在腊腊那窈窕的身上。

哦,静谧的果林,温馨的夜!

都是送书惹的祸

我是一个写官场小说的作家,写了一辈子,人没成什么气候,没在单位混上个一官半职,但是文章有了一些气候了,报纸杂志上面经常发表和选载我的官场小说,有的还获了奖,所以我就成了一个小有名气的官场作家了。

我为什么喜欢写官场小说?究其原因,是因为我在一个小机关工作,平常打交道的都是大大小小的官员,就把自己所见所闻的事情加工成小说,开始是自娱自乐,后来越写越得心应手,也就是写自己熟悉的生活。

只要我的新书出版,第一个想法是先把新书送给单位的顶头上司——他一直对我很好;然后再送朋友。在我拿到样书后,就给顶头上司送书,领导很高兴。说,上面签个字呗。我也很激动,就在扉页上龙飞凤舞地签下"敬请雅正"之类的客气话,后面落下自己的大名。那一刻,我有点成就感什么的。

送了顶头上司有点不满足,还要送上司的上司,也就是再上一级的领导。我内心总有这样的"不良动机":想让上一级的领导也知道我,了解我。刚好,上一级换了新领导,一看就是个温文尔雅的文化人,听说是由市机关下派过来的。

偶然一个机会,新领导来我们局里检查工作,局领导们很是兴奋,兴师动众,大张旗鼓地接待。我作为局办公室工作人员也在旁,恭恭敬敬,满脸都是笑,忙忙碌碌的。吃饭的时候,顶头上司抬举我,叫我去陪新领导。顶头上司对新领导说,这是我局的作家小刘,蛮有名气,出版了好几本书哩!

新领导很是吃惊,认真地看着我,感叹着:人才啊,人才!有机会拜读大作。这时顶头上司马上提醒我,快给领导送书。

那一刻,我好像喝了兴奋剂一样,云里雾里了,赶紧屁颠颠回家,给新领导拿来几本书,每本书都签上了自己的名字。新领导很满意,对我说,回去一定好好学习!我当然没有忘记谦虚二字,连连微笑,请您指正,请您指正!

此后,我的内心充满了一种喜悦,我的创作热情越来越旺盛,工作越来越认真,精神越来越好。我常常想,新领导一定把我的书都看了吧,他一定会从我的文字中读出我的人品和文品。

不到一年时间,我又有一部作品出版了,而且这本书还获了奖,封面上都印了获奖的字眼,且装帧设计漂亮、大气。我依然送了一本给我的顶头上司,然后又盘算着给新领导送一本。由于我天生腼腆,不善言辞,没有胆量和勇气把新书亲自送给领导,就托我的顶头上司去送。顶头上司这次意味深长地一笑,要送你自己送,我就不送了。

我不明白顶头上司为什么不给我送书,而且态度不像上次那样热情。后来,顶头上司经不住我再三恳请,还是为我代送了。

事隔几年后,我的顶头上司退居二线。那位上级领导也上调走了。有天,

顶头上司对我说,你知道吗?过去的那个新领导听说你是笔杆子,有心把你调去为他写材料,当办公室主任,可他看了你的书后,念头取消了。

我有点惊讶,那为什么呢?

小老弟,你知道你写的什么?都是些官场小说!我爱才,不计较你写官场上的一些东西,但人家可不像我,不能把你留在身边,怕你啊!

我一听,差点昏过去。

记性

初次见面,年过半百的万局长笑眯眯地问我:"小伙子,你姓……"

"他姓李,叫李俊,乡办的秘书。"有人插语。

万局长把左手缓缓伸出来:"哦,十八子的李,这可是大姓啊,哈哈,好记,好记!"

我慌忙地将右手呈上。蓦然,我感觉到万局长这人既谦虚又热情,而手却冷,那是一双又白又瘦的手。不久,万局长来检查工作,我负责接待。万局长慢慢踱着步子,老熟人似的缓缓伸出那双白细的手,"你是?"

我急忙自报学名。

"哦,对,小李,印象很深。湖乡的,湖乡的!"万局长又是笑眯眯的神色。

我上县里为万局长送份材料,只见万局长正和几个官样的人有说有笑。我站在门前,毕恭毕敬地轻声说:"万局长!"

万局长一愣,笑眯眯地问:"你是……"

5年后,我从中南财大毕业后回乡当分管财贸的副乡长。

一天,县里有几个退休老干部来乡里钓鱼。车门一开,万局长探出头,走出来,笑眯眯地上前拉着我的手,"李乡长……"

黑道

走出高墙。

外面的阳光真灿烂。

搭车回到镇上,天已擦黑,肚子已饿得咕咕乱叫。哥嫂极冷淡地招待他吃了一顿便饭。回到西房,屋内充满一股霉气味。除了一张床外,什么值钱的东西都没有了。这一夜,他辗转反侧,难以入睡。他毕竟失去得太多了。与他同床共枕三个月的女人,耐不得寂寞和孤独,和他分道扬镳了。久病的父亲跟他怄气,竟然含恨离世。他原先的单位,已将他除名了。早晨醒来,他的枕头湿了半截。

联系了好几家单位,人家对他格外客气,但都以经济效益不好等理由婉言谢绝了。哥嫂对他依旧冷淡。他独身一人另起锅灶,有限的积蓄快完了。正当他为生活所迫时,他的几个哥儿们找来了,哥儿们要把他请到镇上的"醉仙楼",为他接风洗尘,他不想去。哥儿们甩给他一叠百元票子,他如数退还。哥儿们都万分感激他,要不是当初他一个人承担一切,哥儿们能混到

今天？哥儿们恳恳他再当老大,他默默摇头。哥儿们不解地走了,走时留下话,有困难就捎信,哥儿们遵命,依旧把他当老大。他在街角摆了个修车摊。他的生意出人意料的好,整天都有自行车到他这里来修理,有的是问着找来的,他忙个不停。几个哥儿们来约他出去玩,他没有去。哥儿们都说他变了,胆子变小了。他劝哥儿们趁早洗手,弄点本分事干,自食其力地过生活。

哥儿们就笑他,说他变得一点都不像原来的老大了。

晚上,他不愿意到哥嫂房里看电视,独个到街上转悠。他看到对对情侣手牵手,亲热偎依,内心涌现出阵阵酸楚。他多么渴望再有一个家。他修车卖力,要价也低,生意比同行的都好。他想挣点钱,再娶个女人,他要好好疼她。他真正体会到拥有的东西不珍惜,而一旦失去了再得到是多么不易。

有天晚上,他从影院出来,独自一人走到一条小巷,只见几个鬼鬼祟祟的人在一幢仓库旁转悠,他悄无声息地走过去。只听见有人喊他大哥,你来得正好,他才知道那是过去的几个哥儿们。他从哥儿们的眼神中看出将要发生某种灾难,就压低声劝哥儿们离开这里,不能再干缺德事了。哥儿们就笑他,说他真傻,说他受了几年教育后倒真换了个人似的,说他生意这么好,还不是哥儿们故意把人家的胎捅破,再付钱给人家修车的,无非是变着法子支持他而已。他一听这话,心里真不是滋味。僵持了一会儿,哥儿们就给他一个面子,当真就四处散去。

他依旧修车,只是修车的人没有过去多了。渐渐地,他的心情变得开朗起来,时常哼几曲流行曲子。晚上,他已养成习惯了,不是去看电影,就是独自在街头街角漫无目的地散步,很晚才回房休息。又到了过去的那条小巷里,只见几个黑影正挟着一个瑟瑟发抖的人。这回,又是他的几个哥儿们。哥儿们一看是他,说大哥这回你不能插手了。这家伙有钱得很,见者有份。那个操外地口音的是个商人,连声喊饶命。他压低声说,放他走吧!哥儿们说,大哥我们弟兄已给你面子了,好不容易宰一个,这次是绝对不可能的了。他依旧压低声说,快放他走!哥儿们火了,倏地都亮出刀子,接着是一场生死厮打。那个商人乘机溜走了,而他却倒在血泊中。

第二天,镇电视台播出一条短讯:昨晚,镇内发生一起因抢劫后分赃不均而引起的流氓斗殴事件,三名罪犯已逃之夭夭,而参与抢劫的解除劳教人员郭勇被刺死,此案正在调查审理之中。

一周后,一名商人含着眼泪来到镇派出所,诉说前情……

余晖

老徐的儿子在镇企业上班,媳妇是国有企业职工。老徐的儿子媳妇很有孝心,就把老徐从乡下接来引孙伢子。老徐是土生土长的乡下人,干惯了农田活,到镇上过舒适的生活后总是不习惯,内心憋得慌。好在儿子有部大彩电,节目新鲜。老徐就靠看电视打发时光。

一连下了几天雨后,镇里的电视节目播出一条惊人的报道,老徐那个村淹了,田里的水齐膝盖深,大片庄稼漫了顶,村里的干部群众都在抗灾排渍。老徐看着电视,脸都白了,老泪淌了出来。老徐那个村子地势最低,一下大雨就淹,他这一生经历过多少次淹水。现在虽然沾儿子的光,住上了楼房,享上了清福,但还有一些农民朋友、兄弟姐妹正在遭受水患的胁迫。老徐看电视的兴致大减,就对儿子说:"老家淹了水,我要回去一趟,你把伢子放到幼儿园去。"

儿子很理解爹的心思,就一再说要他注意身体。

到老家要赶几十里路,雨大路滑,车都骑不成,天没亮老徐就披着雨衣

回乡下去了。老徐沿路一看,当真条条渠道涨满水了,庄稼地里一片白。老徐还有一幢旧房,借给侄儿在住,侄儿见伯伯冒雨回来,就心疼地埋怨:"您这把年纪了,还惦念个什么,回来干么子!"

老徐瞪了侄儿一眼,没说话,就径直到村电排站,那是防洪抗灾的险段。村支书是他培养起来的,见老徐一身泥水,脚趾丫都划破了还淌着血,心里就明白了。不用老徐请战,村支书对他说:"您老这把年纪了,就在家里享福,这防汛是我们年轻人的事。"

老徐心里想:退位也只几年时间,难道就嫌我老了?就瞧不起老家伙了?老徐就拍着胸膛严肃地说:"防汛不分年纪,是大伙的事,这么大的水,我坐得住吗?"

村支书拗不过他这个老资格,就说:"您在电排站值班,有情况就报告。"

"这还不是坐着?我要到工地上去。"老徐认为要他守电站是在照顾他,"这事太轻松了。"

"您可是重担在肩啊!"村支书对他说:"电排站必须日夜排水,不能停排,更不能出任何故障。"

老徐一想,就没什么可说的了。那天晚上,正在排水的泵突然发生故障。执机的师傅一检查,断定是一些杂物堵死了泵轮。如果不及时清除,水就不能尽快排出。面对好几米深的泵洞,执机师傅说只有回村里找会水性的青年来除杂。这深更半夜的,到哪里找呢?老徐唰地剥掉上衣,说:"我下去试试看!"

执机师傅连忙拦住他,"水深浪急,您不要命了!"执机师傅不知道老徐年轻时就是远近闻名的"鹭鸶",能在水里静坐一袋烟工夫。

"不要紧的。"接着,老徐已脱得精光。老徐缓缓下水,一个猛子潜下水,不一会儿他从水底弄出些许杂草。执机师傅一直为他捏着一把汗。老徐用了刻把钟,才把杂物除完。等他上岸后,他气喘吁吁的,一下子跌坐在地。

"真是年龄不饶人啊!"累得筋疲力尽的老徐叹着气说。由于杂物多,泵轮经常被塞死,老徐就下水清除确保了水泵正常运转。洪水退后,老徐才拖着疲惫的身子回到镇上。走时,他悄悄地,没让人知道。

这个村里的抗洪救灾成绩突出,市电视台和市报的记者闻讯下来采访。那天,老徐正抱着孙子在看电视,市台新闻节目里专题报道了他们村子。老徐好高兴好激动,心里真为村里人自豪。电视屏幕里村支书的镜头很突出,就连那个执机师傅也上了镜头,还佩戴了红花。播音员优美的声音配合着画面:"……当村电排站水泵的叶轮多次出现故障时,他临危不惧,多次跳入水深浪急的泵洞,迅速排除险情……"老徐的眉头皱了一下,很快又舒展了。

那夜,他做了一个梦,梦见他变得好年轻。

生命

妻子快分娩了,他的心一天比一天激动。他盼了快十年。看着同龄人的伢子,都上小学甚至上初中了,而他呢?反正,这一天快到了。当初,结婚时,他就想生个男伢女伢什么的,结果女人一直不生育。他只有苦苦等待。白天,他忙着处理村里的事务,一到晚上,他只能陪着妻子说话解闷儿。他想,要好好陪陪妻子,亲眼看着她生个伢子。他把伢子的名字都取好了。

那天晚上,一场大雨下了一个通宵,把他的心吓得悬起来了。他们那里是个低洼村,一下雨,水流不出去都不说,外水一个劲往里冲。第二天,雨还在一个劲地下,他披上雨衣,到村里去查看灾情,农田已出现大面积的渍水了,几条渠道的水涨满了。他迅速召开村干部会,做了抗灾排渍的安排。很

快,村里的劳力组织起来了,大泵小泵都启动了。这雨真个儿邪门似的,一个劲地疯下着不停了。秧苗冒了顶,鱼塘漫了水,棉花淹没了,即将上市的西瓜浮在水上漂动着。外水挤压大了,内水排不出去,电排站那里河堤危在旦夕。村里的干部分段防守,个个立下军令状。

他没有时间守护妻子,妻子他已交给邻居大嫂子照看了。妻子眼泪吧嗒地望着他的背景消失在雨幕中。他是管全面的,当然哪里险情大,哪里就有他的身影。那天,河堤上的水正在猛涨,堤坝有倒塌的危险,他和村民正泥里水里用塑料袋子抢堵,邻居大嫂捎信来,说他妻子要生了,要他无论如何回去一下。他又忧又喜,忧的是妻子生头胎,需要人照管,喜的是他马上要当爸爸了。

他对捎信的人说:"脱不开身,我不能回去。外水太大了,河堤太危险,一旦倒塌了,村里乃至整个乡里的良田就全完了!"

天公不作美,大雨如注。上游的水汹涌而来,势不可挡,已超过警戒水位了。电排站已无法发挥作用。乡里的领导要求他们水涨堤涨,人在堤在,死守堤坝。他已有好几夜没合眼了,双眼熬得红通通的。由于交通不便,他每天只吃点饼干,渴了就捧河里的水喝。这天,河堤出现脱坡,他正和村民在搬草袋堵,邻居大嫂上气不接下气跑来,要他快回去,说他妻子难产了,在床上乱翻乱滚,要他快叫车把妻子送到医院剖腹。

他一听,脑袋一嗡,扔下草袋就随那大嫂朝家里跑去。可刚跑一段路,他猛听见河堤那边有人喊:"倒堤了,快抢险啊!"

猛刹住脚步,他用手狠拍脑门,暗骂自己一声"浑蛋",急急地对那大嫂说"嫂子,我求你了,快找车,把我爱人弄到医院去!"见那大嫂显得为难的样子,"扑通"一声,他竟然双膝跪下,泪如泉涌地说:"大嫂,你答应吧!"那大嫂感动得流下泪水,急忙上前搀起他说,快去抢险。

他朝雨雾中家那方向望望!抹把泪水,疯了一样朝河堤冲去……

一天后,乡医院的急救室里躺着两个昏迷不醒的人,一个是他大出血后的妻子,一个是累昏在堤坝上的他。

演戏

手机响了，冒出一个陌生的号码，传来一个广东男人的口音，很亲切，很自然："你好，你知道我是谁吗？"

我一下子不知所措。

"连我的口音都听不出来了？"声音依然亲切依然自然。我说出一个未曾谋面、未曾联系过的广东文友名字，他马上就说："对啦，是我啊！"

那男人说："我自己开车来济南出差，正在路上。"

我热情地说："你什么时候到啊？我为你接风洗尘！"

"不啦！我埋单，下午到。"

末了，他又说了一句："记住，这是我的新号码，过去的那个我换了！"

下午一点左右，那个朋友的电话来了，他在电话里很着急，给我报告了一个不幸的消息：他和几个朋友开的车在路上把别人的车撞了。他的车办了全部保险，交给保险公司处理。

大约在两点钟，那个朋友的电话又来了。这次，他好像更着急了。他说，交通事故已经通过交警处理了，他要负担赔偿 3.8 万元的费用。不过，这笔费用保险公司以后会承担。目前，他和一起来的朋友把手上仅有的 3 万元全部垫上了，还差 8000 元。

他对我说，希望我为他想想办法，能不能借 8000 元，他回去了一定还我。

我说我手头没有钱。他听出我的犹豫，就对我说，找身边的朋友去借啊。

我说，这钱怎么给你？他说，你给我打到银行卡上吧，我发短信告诉你我的账号。

不一会儿，就来了短信。

他又打来了电话，问我收到短信没有。我故意说，没有收到，你再发一遍。他又发一个相同的信息。

过了一会儿，他来电话问，你收到没？

我说，这会儿正在开会，要等两小时。

他一听，很是焦急，说，你要相信我啊。

我给他回了这样一个信息：第一次通电话我说出的一个广东未曾谋面、未曾联系过的文友名字是假的，你说是你自己来，结果又说是和朋友一起来，并且说遇到大麻烦，我不想再和你演戏了。拜拜。

神医

民国二十五年，镇上流浪来了个姓杨的医生和一个如花似玉的女人。杨医生生得又矮又瘦又黑又丑，男人们的缺点倒叫他一人占全了。镇上的人不知道他叫杨什么，都称他老杨。

老杨医术高明，什么疑难病症，对他来说好比小菜一碟。

尽管他医术这么好，却治不好自己的病。他那年轻貌美的老婆趁他不在家，竟然和野男人在卧榻上酣睡，被老杨当场捉住了。五大三粗的野男人吓得浑身哆嗦,准备挨老杨一顿打的,结果老杨反倒赏了他几个大洋。事后,人们才知道老杨的东西是聋子的耳朵,而老杨的女人年纪轻轻的,不偷怎么办?

从此,老杨就被人们喊老蔫。

驻扎在镇上的日本人换了个叫山本的小队长,刚来那天晚上,捂着肚子、冒着冷汗的山本,在几个皇军的簇拥下,来到了老蔫的药铺。原来这个日本佬因旅途劳顿,水土不服,引起腹痛难当。老蔫的几根瘦如细笋的指头,在山本的胸腹点了几下,他的腰就伸直了,气色舒缓了。老蔫开了几味药,递给山本的随行,那山本就伸出拇指,连声说:"你的,良民大大的好!"

老蔫为日本佬看病的事一传开,镇上的老百姓都骂他是汉奸走狗。那个得了老蔫大洋的野男人,把手指捅向老蔫的额头骂道:"日本佬是你老子不成?"老蔫被骂得垂下了头。

没过多久,那个被老蔫治好病的山本,亲自把老蔫接到碉堡里,当起军医,每月还发军薪。这下,老百姓恨老蔫胜过恨日本佬。老蔫偶尔在街上一走动,老百姓就围攻他。大人小孩朝他脸上吐唾沫星子。但老蔫不生气,只是躲让。

自从老蔫去了碉堡,他的女人就干脆跟上了那个野男人。

老蔫一去碉堡后几乎每天都在跟日本佬看病,这些日本佬一吃老蔫的药就立刻好了,可没好上几天,又复发了。

尽管镇上的人都恨老蔫,但是谁家的大人小孩患上了什么病,还是要请他看的。生病的人家,跑到日本人的碉堡下高喊几声:"你狗日的老蔫,我儿子病了,快给老子滚下来!"老蔫一听这话,比下圣旨还灵,就提着药箱,乖乖跟人家走。

有天,日本佬中有个心狠手辣的家伙带着狼狗在街上转,看见老蔫的女人和那个野男人在一块,就嚷叫:"花姑娘的站住!"一上去,那家伙就摸女人的奶子。那野男人吓得一动不动,连大气也不敢喘,眼睁睁地看着女人被那家伙带进了碉堡。

老蔫从镇上出诊回来，一见自己的女人被不少日本人糟蹋后扔在一旁，偷偷地擦着泪水。当晚，老蔫把女人弄醒。那女人一醒，便痛苦地扑到老蔫的怀里，"杨哥，我对不起你！"

女人走后，第二天，老蔫就听说她跳了河。老蔫就独自抹眼泪。

没多久，那个糟蹋老蔫女人的家伙喊腹疼，老蔫小心翼翼地为他拿脉就诊。当晚，那家伙服了老蔫的药后，没好上几小时，疼痛加重了，没活到天亮就死了。山本就把老蔫叫去，训斥他："你良心大大的坏！"老蔫一口咬定是那太君得了暴疾。山本就把他毒打一顿，疼得老蔫直喊饶命。山本见他一副奴才相，才放了他。

那是一个年三十的晚上，日军全小队 30 多人在碉堡里喝酒，刚喝到一半，一个个捂着肚子倒地乱滚。山本喝得少，一想起酒是老蔫买的，就喊老蔫。老蔫正在屋里收拾行李。一听山本喊他，就慌忙向碉堡外跑。山本拿出枪，对准了老蔫。

枪响了，老蔫矮小的身子从碉堡上摔下来，一动不动了。可山本也捂着肚子倒下了。

老蔫死后，镇上的人都哭了。

官话

县里召开一个座谈会，探讨如何加强基层医疗设施建设。

莅会的有市里派来的一名姓钱的卫生局副局长，县卫生局的正副局长也都参加了接待和座谈。各基层卫生部门的领导依次发言完毕，就轮到县里的几位局长了。

先是张三副局长发言：各位领导，各位同志们，上午好，我先发个言，不妥之处请领导和同志们指正，当然是以王局长讲的为准。他指的王局长是县局的一把手。谁料，市局钱副局长一听不悦，马上打断他的话：怎么这么客套。座谈会要听取各位的思想观念和见解，不要一开口就要以领导的讲话为准，说一些官话！

张三副局长显得十分尴尬，红着脸发表了自己的看法。之后，轮到李四副局长发言了。

他可能是吸取了张三副局长的教训，发言单刀直入，直奔主题。只是把他的几点看法说完后，又说了句：以上是我的一点浅陋之见，还是要以领导的讲话为准。他指的领导既可说是顶头上司王局长，又可说是市里的钱副局长。到底是多年的老把手，话说得好，水也点得燃灯。连钱副局长这么严肃的人也笑了：唉，官话啊，官话！

最后轮到王局长发言了，他将全县的农村基层医疗设施建设现状、成就、问题及打算汇报完了，最后也免不了一番客气，请钱局长做指示，以钱局长的意见为准。钱副局长还是笑笑说，我今天是来了解情况，听取大家发言的，把大家的意见、思路带回去进行研究归纳和提炼，也不是要我来做总结性发言的。

大约过了一个月，市里召开一个加强基层医疗设施建设的大会。那天的大会很隆重，主席台上坐着市卫生局的马局长。最先做工作报告的正是钱副局长，他的报告内容很好，有些观点都是座谈会上谈到的，应该说，那次小型的座谈会为全市的基层医疗设施建设提出了一些好的意见。他的报告做得好，台下的秩序也好。

报告一做完，大家都鼓起了掌，可钱副局长竟然十分谦虚地补充说，市局马局长还要做强调，大家耐心听，以他讲的为准。

生命因放生 而美丽

第五辑

Er Zi De Xuan Lü

儿子的旋律

飘逝的玉

那年我 18 岁。

考大学因几分之差名落孙山后,就回村当了民办教师。以我的天资,是可以重读一年,但因在家是老大,父母体弱,弟妹又多,哪有钱供我读回头班。我的情绪很低落,心想,我从小的大学梦算是彻底破灭了。好在村里差民办教师,像我这个高中生,在村里算是凤毛麟角了。我还是不死我的大学梦,教学之余,潜心自学。

一天,我所教的四年级中有名女生,她在没人的时候,悄悄送我一双花鞋垫。害羞地说,这是我姐送你的,我姐叫玉,她说和你是同学。玉是我的小学同学,是一个眉清目秀、白皙俊俏的女孩。心灵手巧,成绩很好,犹善绘画和刺绣。由于家境贫寒,兄妹多,只读完了小学。玉送我的一双花鞋垫,上面绣着一双翩翩欲飞的蝴蝶。我似乎明白了什么。

自我当民办教师后,玉经常来学校找她的小妹,不是雨天送衣送伞,就是为她的小妹送吃食之类的东西。我遇到过她几回,她总是低着头,脸儿红红的,说不上几句话,就匆匆离去。

有回,我目不转睛地望着玉离去的背影,不料她没走几步,悄悄扭头回望,见我在看她,就红着脸飞奔而去。想想玉的一切,我的心里甜丝丝的。

晚上,我把玉的鞋垫放在写字台上,拿出高中的一些复习资料,可怎么也看不进去,脑海里跳跃着玉的倩影。没法,我只好枕着花鞋垫甜甜地进入

梦乡。迷迷糊糊中，有人轻声唤我，像是玉的声音。我起床开门，见是羞答答的玉，她扑入我怀里，甜甜地说，我一直好喜欢你，这一生我愿和你在一起。我激动地说，玉，我也喜欢你。我和玉相拥入衾，极尽缠绵。早晨一醒，我的身边没有玉。

一连几天，我看不进书，沉浸在梦里和玉的欢乐中。可是，后来，我还是将这双花鞋垫通过玉的小妹退还她了。虽然这种做法是残忍的，虽然退给她时的心情十分矛盾，但当时我对跨入大学这所神圣殿堂也是十分痴情的，向往城市、逃脱农门的虚荣心折磨得我形消体瘦，难以入眠。我也清楚自己的做法不近情义，会伤一个美丽少女的心。为此，我请玉的小妹约她出来，可她不肯与我相见，即使我们在一条乡间小道相逢，她也不理我，眼眸似有泪滴，与我擦身而过。

两年后，我如愿以偿地考上师范学院。上学的那天，几乎村里的乡亲和学校的老师们都在路上送我，我在人群中搜索玉的身影。正当我感到失望至极，人群中挤出玉的小妹，她手里用红布包着一样东西，跑到我的面前，塞给我说，老师，我姐送给你的。你姐呢？我急切问她，她不回答我，只是低着头。

路上，我打开一看，又是一双花鞋垫，上面绣着一枝亭亭玉立、含苞欲放的荷花，我的心一热。放寒暑假了，我回乡约玉出来谈谈，她避而不见。在学校里，我给玉写过几封信，她没有回。我想，可能是玉在恼恨我吧。

几年后，我以优异的成绩留校了，又娶了局长的千金，分到二室一厅的房子。尽管这样，我内心深处还是装着玉，对她曾有的一片痴情也十分抱愧。

一天，我正在办公室里，门卫领来了一个长得极标致的姑娘。这不是玉的小妹吗？的确是玉的小妹，她柔柔地喊我，老师，你还认得我吗？认得，认得，我连声说，你姐呢？她还好吗？不料这一问，玉的小妹眼泪流下来了，我姐过世了。我大惊失色，什么？她明明好好的，为什么？为什么？玉的小妹从口袋里掏出一封信来，这是我姐叫我亲手交给你的。

我接过信，急不可耐地拆开，玉清秀的字迹跳入眼帘，我几乎一口气读完。

霎时，我的心灵震颤了，我愤怒，我悲伤，我自责，我欲哭无泪，泥神似的呆着。

信的大致内容是:叫小妹为我送花鞋垫的那天晚上,玉从田里收工回家,口里哼着欢快的曲子,在经过一片树林旁,被一直垂涎她美色的村长按倒在地侮辱了。事后,村长恫吓她,说你一声张,马上就不让我当民办教师了。玉为了我,含悲忍泪。我把花鞋垫叫她小妹还给她时,她伤心地哭了,以为我知道她失身了,以为我是要断绝和她的来往了。

在我上大学启程的那天,她远远站在人群之外,打发小妹送一双绣着出污泥而不染的荷花,给我做纪念。表明自己的心灵洁白。在我多次为她寄信的时候,她已经远嫁他乡了。新婚的晚上,男人发现她不是处女,将她打了一顿,气得她吞药自尽,后被抢救过来。但这婚姻没维持多久。经人介绍,她又嫁给一个大她10岁的男人。那男人粗暴野蛮,且又不务正业,她又一次跳入了火坑。后来,她得了妇科病,无钱医治,忧郁而终。

我就这样傻呆呆地站着,竟然不知玉的小妹是什么时候走了。

那年清明,我回乡为玉扫墓,玉的小妹把我领到玉的坟前,但见荒草萋萋、幡影幢幢的坟茔上,唯有玉的坟头上一片翠绿,缀有少许野花,随风摇曳。

我伫立坟头,默默无语。

程序

领导给办公室打了个电话,办公室没人,领导又打,办事员接电话。

领导问主任在不在？

办事员说他刚出去。

领导吩咐说，他回来，叫他给我回一个电话。

办事员说，好的。领导就挂了电话。

领导的办公室离办公室只有15米左右，隔了几个办公室。十分钟后，主任给领导回了电话，问领导什么事情。

领导说，你给李四打个电话，叫他到我办公室来，我有事找他。

主任忙说，好的。

主任就给李四打电话，是其他人接的电话。那人告诉主任，他才出门了，你打他手机。

主任有点不耐烦说，你联系好了，叫他给我打电话。

那人答应，好的。

李四的办公室在一楼，主任在二楼，只是上下层。

李四回办公室后，给主任打电话，主任又出去了，是办事员接的，办事员叫他等一会儿打来。

李四问办事员有什么事情，办事员说不清楚。

等了一会儿，李四再给办公室打电话。

主任告诉他，领导找他有事，要他马上去领导办公室一下。

李四马上上楼，三步并着二步去了领导办公室，领导办公室有人。

领导说，你在外面等一会儿。

等领导办公室的人走了，李四进去了。

领导两眼盯着问他，老同学，你找我什么事？

李四诧异，不是主任通知我，叫我来您办公室一趟吗？

领导一拍脑袋，连声说，哦，哦，老同学啊，我都忘记了，是这样的。你们科室负责的那个关于机关逐级请示程序制度起草好了吗？

李四答，起草好了，正在打印中。

领导一听，点了头，要快一点，工作效率要高，快报上来审，然后行文。

冲动是魔鬼

张三在办公室干了十多年副主任,而且局办主任空缺两年了,满以为这次换领导,以他的资历、才干,这个位置非他莫属了,谁知道这个主任位置落到张三手下的一个办事员头上。听到这个消息后,张三愣了好半天不说话,后来竟然流出两行泪水来。

从此,张三开始在心里恨领导,表面上对领导一副微笑,内心希望他出一点事儿,比如车祸,或者不好医治的怪病,张三甚至希望领导贪污违法。可偏偏这些诅咒都不灵,领导还是领导,他照样生龙活虎,说一不二,权威发挥得淋漓尽致。

张三心里憋得难受,又不敢发泄。张三感觉自己要爆炸了,于是如果有同事在背后议论领导的时候,他也趁热打铁,在一旁说领导如何如何的。有次,张三故意喝了一点酒壮了胆子,在很多同事面前流露出对领导的不满。张三希望自己对领导不满的事传出去,让领导知道。就算领导对他变得更冷淡了,甚至把他叫到办公室拍桌子当面对质,这样张三心中的气也就出了。当然能对自己改变态度加以重视就更好。可领导还是对张三没有感觉,一副冷漠的样子,也没有对张三露出友好的表情。

张三又开始幻想,希望领导捞单位的钱,希望领导收贿,希望领导包养"二奶",可是这些事情没发生,或者说一点儿蛛丝马迹也没有。所发生的

生命因放生而美丽

只是有时候领导去吃吃喝喝、唱歌跳舞。再说，张三没有机会和领导在一块儿，领导背后的一些事情，他怎么知道呢？

张三还是不甘心，他盼望机会，盼望领导失去权威的那一天，盼望有那么一天，他可以给领导重重的一击。

这一天还真的来到了。换届前夕，组织部前来局里搞班子测评谈话。组织部在局里挑几个中层人员座谈，花名册中钩到了张三的名字。张三心里一喜一惊，他终于找到说话的机会了，张三想把窝在心里一年的话都说出来。张三一直暗暗观察着领导的行踪，还真被他发现了领导的几处软肋：

局办下属单位有几项工程是他拍的板，没有在局党委会上研究决策，好像有人在背面窃窃私语过；还有领导喜欢吃喝，当然不是吃他自己的钱了。领导更喜欢进娱乐场所，至于带小姐没有他不知道，他肯定不会不带女人的。张三想在座谈的时候，可以一吐郁结了。

组织部门对各部办委局班子成员的德廉勤绩进行座谈时，都是单独谈话，有些神神秘秘的。轮到张三去的时候，是领导亲自来叫张三的，这次领导破天荒没有对张三冷漠，脸上布满了微笑，还用手亲切地把张三的肩拍了一下。这一拍，张三一惊，心里觉得好笑：你为什么不早这样拍我的肩哩？我等了多年了啊！你想这次暗示我吗？迟了啊领导！一年来，你对我的态度怎么样？你关心过我的进步吗？你也知道今天我有了评价你的权力，为何当初那样待我？至少给我一点微笑也行吧？现在觉出我的分量了吧？

张三心里这样想着，觉得领导其实很卑微。必须利用这个机会出一口恶气。

张三在心里想好了几条非常有杀伤力的问题。

组织部领导的谈话是在一间封闭很严的房间，即使你在里面大声说话，外面也听不见的。一个副部长在提问，一个科长在做记录。进去后，副部长十分和蔼地朝张三点点头，张三突然闪过一个念头，这次考核座谈不像是例行公事，有可能对领导的前途起到举足轻重的作用，当然张三的发言仅做参考，或许也没有价值，这也是说不清楚的事情，有些事情其实是上面运作好了的,到下面考核只是形式而已。不管怎样,张三还是很欣喜了,张三的心跳加快了,热血沸腾了,张三的脑海里一下子浮现出领导过去对他的不尊重、不关心的冷漠神情,他想要借此机会说一说,就算对领导没有任何压力和打击,也是好的。

组织部领导见张三陷入沉思,以为张三紧张,以为张三有所顾忌,以为张三不好意思,就对张三说,有什么你就说什么,没关系的,你放心,组织上一定会为你保密!

好,我说! 我全都说!

有了组织部领导这句话,张三咬了咬牙齿,终于下定决心。领导他其实是一个……一心为公的人,他对工作兢兢业业,我一直把他当作我学习的榜样。他做事讲原则,公私分明,严于律己,宽以待人,他唯一的不足是为了工作太拼命,不注意休息……

张三临场发挥,一下子为领导总结了若干条优点,听得那个组织部副部长连连点头,显得相当满意,而那位做记录的科长,则是不停地在本子上沙沙记录。

出了那个小房间,张三擦了擦额头的冷汗,心想还好我克制住了,我要是说了实话,以后肯定会死得很难看,开始我太冲动了,忘了一些官场潜规则,好险,冲动是魔鬼啊!

领导的身体

一次开党员民主生活会,机关里的党员基本上都到齐了,有 60 多人。而且上级组织部门也来了领导,列席民主生活会呗。民主生活会的主要内容是给班子成员提意见。

一把手说,同志们,今天开一个民主生活会。这个民主生活会,主要目的是增进党内团结,达成共识。希望大家对我多提一些宝贵意见。我记得在 20 世纪的七八十年代,民主生活会开得很热烈,大家开展批评与自我批评的时候,不留情面,这种作风就是我们党的优良传统,要发扬光大!我今天诚恳要求同志们各抒己见,给我提意见,我一定虚心接受。

一把手说完后,一会儿没有人发言,下面的人只是抽烟,保持沉默。这时候,在机关一直不起眼的张三站起来,还轻咳了一声。在座的党员大吃一惊,他们都知道,一把手对张三不满意,处处给他小鞋穿,使他在单位的日子每况愈下。这下子有好戏看了,张三这小子要借民主生活会向领导开刀了,会给领导提出很多意见,而且这里有上级领导列席会议,一把手当然敢怒不敢言,他的面子怎么过得去?

张三要发言,确切地说要发难了,一把手心里一惊,但脸上还是显得自然、祥和,做出虚心接受的样子。而心里却是十五只水桶打水——七上八下,忐忑不安。

谁也没想到，张三的发言，哪里是在提意见，纯粹是在歌功颂德。他说单位在一把手的正确领导下，如何如何的好，如何如何的与时俱进……听得在座的党员同志们个个身上起鸡皮疙瘩。简直是吹捧得太肉麻了。连一把手自己也不好意思起来，突然插话，不要说我的成绩，今天主要是提意见、提建议。

张三竟然诡秘一笑，意见当然有，还在后面。

一把手心里又是一惊，张三今天搞的什么名堂？他发神经病了？一把手开始回想自己有没有什么事情被张三掌握，倒想起有次喝多了酒，在包厢里过了一夜，第二天在上班的时候，有个漂亮女子来机关，给自己把提包送来，被张三看见了。所以一直有些不安。

张三开始提意见了，他说一把手最大的问题，就是太不关心自己的身体，身体才是革命的本钱。

张三说领导要注意身体的时候，眼睛死盯着一把手，样子很是一本正经。大家也大吃一惊，都明白张三是在继续讨好领导，还在大张旗鼓地拍马屁！

张三继续说，领导的身体应该是他自己的，但他已经不属于他自己了，他属于我们这个单位。所以，单位要兴旺，要发展，必须要靠领导的智慧，更要靠领导的身体。领导身体的好坏至关重要，是我们大家的福音！

张三说领导一贯操心操劳，废寝忘食，忘我工作，根本把他自己的身体没有放在心上，所以说，领导的主要问题，就是没有注意身体！

张三的话一说完，一把手心中的一块石头落地了，大家也开始有了话题，都好像醒悟过来了，不甘示弱，接二连三，开始进行批评与自我批评，主题就是围绕领导的身体展开了。

参加这次座谈会的上级组织部门的领导，也听得很满意，频频点头，所以民主生活会开得十分成功。

不久，张三进了班子，很快张三成了一把手的心腹。进了班子的张三，有一个问题他始终解不开，他给一把手提的注意身体的意见，的确是真正的意见，因为领导的身体经常出问题，其实又不是很大的问题，一年来起码有

好几次要进医院,单位里的人,不去也不行,长此下去,如何得了?大家在背后多次嘀咕,就是没有人说出来,心里早就怨声载道了。

不值钱的作家

机关的一名女同学给我传信,说城里的一名女同学刘娜的儿子结婚,她邀请我,专门点我的名。我有点受宠若惊的样子。说起女同学刘娜这个人,我和她不是很熟悉,知道她在县机关一个局当副局长,过去同学聚会时见过一次面。还知道她没有和我在高中时期同班,她只读了一年书就转学了。过去同学聚会,我有幸忝列其中,不是因为我在乡镇机关当一个中层干部,而我是一个著作等身的作家。所以,同学们就想起我这个人来了。其实同学聚会大致都是在官场、商场混得好的,有头有脸的,所以我有幸列入他们的队伍。开始的时候,同学们约我什么时候去某风景区玩,什么时候去某娱乐场打牌,我都谢绝了。因为,我一没钱没势,二没有时间。以后,同学们就不再捎信给我了。这次,女同学刘娜的儿子结婚,应该是大事情,她委托人邀请我,说明是看得起我,我过去没有和她来往,但我还是记得她的名字,脑海里装着她的影子。我敢说,在任何场所,我都会一眼看见她,认出她来。这说明我对她还是有印象的。因为过去在一次同学见面中,我们相互留下电话,她还对我微笑,送我一张散发芳香的名片,上面有她的情况,有她的职务。这在一般人是不会得到的。我就是在那一次对她留下难忘的印象。她也很漂亮,也有气质,虽说过了四十,打扮得标标致致,既文静又温雅,还有女领导干部的一股特有威严,让人肃然起敬。当然,我的情况她也知道一点,虽说是一个机关职员,也是一个小有名气的作家。

我是和机关那位女同学一同去市区那幢豪华的星级宾馆。只见宾馆面前停满小车,人来人往,喜庆非凡。特别是门前有一套民间管弦乐班子,用奏乐来迎接宾客。新郎和新娘在门前迎客,那位叫刘娜的女同学我一眼看见了,她在一旁忙着接待来宾。

一起来的女同学上去,刘娜过来紧拉着她的手。我赶紧上去,刘娜显得好像不认识我了。我面带微笑地对她说,刘娜,你不认识我了? 她松开女同学的手,微笑着望着我,显得不好意思地说,对不起,不知你是哪位同学,我真的记不清了。我身边的女同学马上对她说这是李俊同学,大作家啊。刘娜好像如梦初醒的样子,连声说,对不起,是李俊,我想起来了! 我还拜读过你的不少大作哩!

事过不久,也就是2个月后,一名男同学的女儿结婚,我应邀在列。那也是在市区请客,婚庆在晚上举行。我去的时候,不少同学都去了。出于礼貌,我一个个给同学们打招呼,大家或握握手,或点点头,或笑一笑。我这时又看到刘娜同学了,她这次打扮得很讲究,脸上施了淡妆,显得年轻、妩媚,非常非常的有气质,我笑眯眯地对她说,刘娜同学,你好! 她听我叫她,一惊,两眼紧盯着我,显得好像不认识我。我笑着说,这回该不会又忘记我了? 刘娜反应快,马上笑着说,我当然认识,我们是同学啊! 我说,今天来的当然是同学,但你能叫出我的名字吗? 刘娜说,我知道,你是张三呗! 旁边坐的一位男同学扑哧笑了,正要纠正,我对他摆手,示意他不说。刘娜见男同学的笑有问题马上又说,你不叫张三,你是李四。呵呵,刚才我是故意说错的。旁边的同学一听,全都笑起来。刘娜的脸红了,知道自己又猜错了,马上纠正说,哦,你不是李四,你是王五,你现在还在教书呗! 同学们都哄堂大笑起来。的确有个同学叫王五,在乡下一个小学教书,但一直没有参加同学圈子里的聚会。

同学们马上告诉她我的名字,她又一次不好意思地说,哦,李俊你好,看我这记性,又忘记你了,我还拜读过你的不少大作哩!

我又一次听说她拜读过我的不少大作,不再为她又一次忘记我的名字而心生不快,还饶有兴趣地问她,刘娜,你看了我的哪些作品,有印象吗?

刘娜说,看了,怎么没有看呢?比如你的那篇《不值钱的作家》,就写得相当好,还有那篇《忘记她呗》,写得真是凄美动人,我一直记忆犹新哩!我一听她说这两篇小说,其实都不是我的。我也不知道是哪位作家的作品,心想晚上回家后一定用百度搜一搜,看有没有这样的文章。当时,为了不让她扫兴,我也就谦虚地附和她,说了一些你说对了,请多指导之类的话。

她听我这样,那晚上她相当高兴,而我的内心却隐隐约约不爽快,心想我在下次同学聚会中,不知道她还认不认得我?

儿子的旋律

儿子是在读小学二年级时开始学写作文的。

儿子的语文老师是一个文静、秀美的女同胞。她要求学生们的第一篇作文是写《我的父亲》。儿子在练习簿上歪歪倒倒写了两句话:我的爸爸今年 38 岁,我的爸爸爱看小小说。

儿子写不下去了。主要是我这个父亲太"复杂"了,描写时有些词儿写不出来。但儿子也不笨,他为了真实地反映父亲的尊容,就在两句话后面画了一个胖大的头像。

我天生卷发，顶上的头发是用小小的圆圈儿代替；我有细密的络腮胡子，脸部及下颌是密密的小杠杠。儿子的语文老师也许被这篇"图文并茂"的作文逗得抿嘴一笑，阅后的批语是："不是要你用画来表现你父亲，而是用文字来表达。"

儿子他妈捧腹大笑，借机拿我开心："好肥好肥的一个猪头呀，连毛也没揪。"他姐姐也哈哈大笑："爸爸，真像你呢，小弟是画家的料子。"

我呢，却认为儿子的作文有些创造性，就点头称赞："好、好，这是老子。"

我提议将儿子的这篇处女作珍藏起来，留作纪念。可儿子不好意思，先是用圆珠笔涂抹，后又将这页纸撕下了。

从此，我儿子开始发愤努力了，写的作文大有进步。每回，他都是先在草稿纸上写成后，交给我看一看，我为他改一改错别字。儿子语文老师的评语由"C"到"B"又到"A"。

有天，儿子对我说："爸，老师今天留的作文题《我的老师》，你看一遍吧。"

我一看，他草稿纸上写的老师是数学老师。

倏然，我的某根神经动了一下，眉头一皱，就问儿子："是数学老师好还是语文老师好？"

儿子不假思索地说："数学老师好。"

"难道语文老师不好？"

"语文老师也好。"

"那你就应该写语文老师。"

"爸爸，为什么？"

"那还用问，要你写你就写嘛。听爸的话准没错。"

儿子有些不解地望着我，似懂非懂地点点头。

第二天，当我检查儿子的作文时，我吃了一惊，儿子没按我的意图写，《我的老师》写的依然是数学老师，但语文老师的评语是"A+"。

唉，我又能说些什么呢？

难道，是我错了？

校友

没想到分别快20年的同学Ａ给我来了一封信。信中说：老同学，混得好吗？我下学后，在社会上混了几年，就跑到南方打工去了。拼了十几年，才挣下数百万家产。

信中还说：想当初，我读书读不进去，老师瞧不起我，说我笨头笨脑，不是块好料。同学轻视我，说我家穷，学习又没用，还是你把我当同学看，作业做不到你帮助理解，考试时给我递条子。现在想起来真是感谢你了。

信的最后，Ａ同学还说了不少客气话。我为Ａ的发迹深感高兴，心想，有这么个大款同学，我们学校搞校庆筹款子的事就可以解决了。我立即为Ａ同学回了一封信。信中这样说：Ａ同学，祝你事业有成。那年我考上师范，几年后我要求分回母校教学，如今是穷教书的一个。老同学，母校的宿舍楼刚建一半，因资金问题停工了。没法，学校只好以办校庆为名，请从校门走出去的校友援助了。老同学，如果你没忘记过去的话，就不妨向母校献上一片爱心吧！

信发出后，我立即向校委会汇报了，请校委会以校方的名义向Ａ同学下请柬。学校照办了。Ａ同学很快寄来回执，表示一定回母校一趟。校庆那天到了,来自全国各地的校友像飞出的鸟纷纷回笼了。我忙于校务,没有在门口等待 A 同学,我想他一定会如期而至的。

但令我失望的是,A 同学没来,连个影子也没有。我到登记处查簿子,也没有他的名字。校长见我一副焦急相,安慰我:算了吧,他也许是在骗我们的。俗话说,江山易改,秉性难易。当初在校时,他就喜欢捉弄人。

我心中陡然升起一种被愚弄、被欺骗的感觉,恨不得马上从记忆中把 A 同学抹掉。大约半月后,我又收到 A 同学的一封信。我不想看,恨不得一下撕掉它,但还是忍气拆开了。

信中说:老同学,很抱歉。校庆那天,我回来了。但我想考验一下母校,就化装成一个极普通的校友,拿了 20 元块钱到报到处,结果报名处的几个年轻姑娘不收。我说钱少但代表着我这个校友的心。她们才勉强收了,为我登了名字(假名),就不管我了。我故意厚着脸皮问:小姐,有纪念品没有? 她们全都哄笑起来,说投这点钱,连喝茶都喝不到! 我想结束考验,但正在这时,校长来了,你猜是谁? 就是我那时候的班主任,他已经不认得我了。

他听完姑娘们带着鄙夷的介绍后,没有批评她们几句,竟带着救世主施舍的口气对她们说,好歹他也是校友,就给他一点纪念品,免得他在这里胡闹,让贵宾们看见多不好。老同学,什么都可以忍受,但我无法忍受母校的势利,就揣着支票,当天乘飞机回到南方。我告诉你,我不是吝啬鬼,这笔款子自会有它更好的用途。

又过了一段时间,我在一家大报上看到一串串为"希望工程"捐款的名单,排在最前面的竟是他——A 同学。天啊,50 万人民币! 校长也看到这张报纸,但他不相信是 A 同学,就这样说,偌大个中国,同名同姓的人多得很,未必是他!

我只得苦笑。

弥补

张三一直得不到领导的重用，一直很苦恼。

其实，张三这人很正直，要是他不正直，比如，工作中给领导早请示晚汇报，什么逢年过节上门看望，什么找机会陪领导娱乐娱乐等，那样，他早就成了领导身边的人了。

可这些张三最反感，他认为，一个人要用真才实学表现自己，让领导折服。

于是张三工作格外卖力，什么事都抢着干，可惜一直没有感动领导。

张三还是不死心，他决定充分发挥自己的特长。他的特长是什么呢？就是写作。

张三经常把单位发生的一些事加工成新闻，投给地方报纸。这些东西发表后，不用张三报喜，领导早就看到报纸了，哪知领导不但没有夸奖他，还提了一些意见，什么有些东西没有深入挖掘，表达不够充分，等等。张三红着脸对领导解释，新闻稿件不能太长，不可能面面俱到。

领导根本不听，摆摆手让他走了。

后来，张三写了一篇很长的报道，领导看了皱起眉头。

原来，那篇报道突出宣传了另一位领导分管的工作，他和领导之间一直明争暗斗。张三莫名其妙地成了另一个领导的"枪手"，主管领导对张三更加没有好感了。张三这时候感到问题的严重性了。

张三总是想弥补,一直寻找机会。当然,他也想到了送礼。可他是不会去送礼的,当面向领导道歉或者溜须拍马,打死他,他也是不会去干的。

有天,有十多个来访的人,和领导发生了争执,吵闹的声音很大,那些人是因为工业污染的水,把蔬菜全部毒死了。

张三听见吵闹声,连忙跑到领导的办公室,他怕领导受到什么伤害。

张三的个头儿很大,一进屋,看见领导被那帮人围着,他就着急了,大声说,有话为什么不好好说,你们怎么能这样,太不像话了!

话音刚落,领导的脸就被一个上访的女人扇了一巴掌,接着一个男人又把领导的背擂了一下,还有一个中年人朝着领导的眼角揍了一拳,领导霎时鼻青脸肿。

张三开始劝架,保护领导出去,结果张三越是这样,那些人越好像失去理智,竟然追赶领导。

张三只好掏出手机报警,结果趁这工夫,没人"护驾"的领导让那些失去理智的人狠狠揍了一顿。

以后的事情,可想而知。警察过来后,那几个打架闹事的人被带走,而领导也住进了医院。

领导住院期间,张三手捧一束鲜花去探望领导,他满以为领导会感谢他在关键时刻挺身而出,结果领导一看到他,满脸愤怒:谁叫你去帮我的? 你一来,他们以为帮手来了,你把他们的火气撩起来了! 那帮人本来只是气愤,根本没想动武,你一来搅和可好!

领导气得简直要从病床上跳起来。

张三大吃一惊,手里的鲜花也掉在地上。

领导鼻子一哼,你走吧!

张三四肢无力,哪里走得动。

其实我很喜欢你

她20岁不到的时候,她在一家企业上班,在车间里工作。他随领导到那个企业视察,他的眼睛一亮,是她的模样儿出众。那时候的她,身材均匀,不胖不瘦;脸儿好白,眼睛水灵,会说话,气质太好了。那一刻,她永远定格在他的记忆中,永远忘记不了。那时,她应该没有结婚,少女般的她清澈可爱,像一朵含苞欲放的荷花。他刚过而立,有妻有子,但他有爱美之心。

在她30多岁的时候,他认识她了,和她在一个小镇生活。她的孩子已经很大了,原来她20岁不到就出嫁了。她对他说,我早就认识你,你是我同学的哥哥。他才想起,她是妹妹的同学,可一直没有听妹妹提起她。她的大名叫叶花儿,小名花儿。她的身体比年轻时胖了些,在他看来,是一种丰满的美,眼睛还是那么水灵,那么会说话,笑的样子很好看,牙也白,洁白洁白的,像她的名字一样鲜活。她对他说,你写作,我知道,喜欢看你的书。他就问,你什么时候看了我的书呢? 她说,从一个朋友那看见的。她不告诉他那个朋友,望着他,只是笑,笑而不答了,他不便继续问,因为她的心里甜蜜。

他和她经常相遇,都是偶然的。见面了,总是要相互问一下。时间一长,他要了她的电话,她也要了他的电话,都存在手机上面了。通话的时间很少。

既然她喜欢看他的书,只要有了新书,他就把自己的新书在第一时间送一本她,上面还签了名。她总是那么欢喜,她说,我喜欢看你的文章。睡觉之前,看上几篇,慢慢就睡了。他一听更是欢喜,她应该是枕着自己的文章入梦的吧,或许梦中还在演绎书中的故事,或许梦中还记得他的名字。他这么发挥幻想,甜蜜地幻想着。

后来,她说她买了电脑,正在学上网了。他就要了她的 QQ,他加了她,她也加了他。她的网名叫花。开始,她打字慢,一般打"你好"之类,要么以图像做回复。他耐心和她聊天,还有她喜欢听歌,只要她听的歌,他也点一下,陪她欣赏。她学着把相片发上去,他就委婉告诉她,叫她不发相片了,免得网友传播,后来她就把相片删除了。他上网时间长,他就把自己的经历或经验告诉她,叫她注意。他每次和她聊天后,她告诉他,怎样把聊天记录删除掉。他们的聊天无非是家长里短的事情,她应该理解他的心思。

她太纯了,纯净得像一面镜子,像一朵花,映出来的只有清纯、美好。

只要她上线,他一般会主动地去打招呼,发一个微笑,发一个握手。她也会送他一个美女图片,笑盈盈地问候。

可是有天,他问候的时候,好一会儿不回话,过了一会儿,她回了,说是她的女儿,她说妈妈不在,我用她号玩游戏。还有几次,她没有理他,他就隐身了。后来一问,她说是自己的老公在玩。他一惊,告诉她,今后我们都上线的话,我不主动打招呼,你主动一点。她说,好的。

他的博客有不少温情的文章,他把地址发给她了,告诉她如何收藏。她收藏了。博客有他参加笔会的照片,她看了,说,好帅,好帅!他说,我都老了,不帅了,你不笑我。

有那么一天,他注册了另一个 QQ,取了网名叫朵儿,好像是一个女性。他加了她,她接受了。几次聊天,她显得慎重。后来,她问朵儿是哪里人,他告诉她,朵儿我是上海人,是个女教师,喜欢文学。朵儿问她去过上海吗?她说没去过,朵儿邀请她,她说以后有机会会去的。朵儿问她喜欢什么,她说喜欢看书,看小说。朵儿就说了上海的几个作家,问她看他们的书没有,她说没有。朵儿试探着问,我崇拜上海的作家某某,你有崇拜的作家没有?她说我有。朵儿问她,崇拜哪个作家,她说出了他的名字!

那一刻,他的心差点蹦出来了。朵儿问她是真心的吗? 她说,我真的崇拜他! 他的心好甜,从此以后,那个叫朵的网友就这样消失了。他不想用朵儿这样的方式对待她了,那样很卑微。

从此,在他的心中,有一种无比愉悦的感动。

他仿佛听到了一种花开的声音了,那是比天籁的声音更美,更自然,也是一种最珍贵、最美妙的声音了。

风景

涛学步那年,貌美、勤快的娘到野塘里抽藕梢,猛子扎到水里就再没起来了。

一年后,爹就为涛弄了个寡妇后娘。涛从 5 岁开始干起了捡破烂、割猪草、放牛儿的活儿。后娘好吃懒做,养得白白胖胖,不大会做农活。爹喜欢后娘,有时当涛的面,把后娘的胳膊掐一下,后娘就咯咯地笑。不到天黑,爹就和后娘去睡了。涛要把锅碗洗干净,才一个人到套间里去睡。

涛从后娘来后,就被剥夺和爹一块睡的资格。涛有时候做噩梦,就喊爹,爹不理他,涛就喊娘,醒后才知娘早不在了。每回睡时,涛就把娘生前的花棉袄搂在怀里,心想娘在和自己睡,就不怕做噩梦了。

涛营养不良,瘦筋扒骨。8 岁那年,爹才答应让他去了学堂。涛读书专心,门门功课都是顶呱呱的。但涛的家务活太重了,早晨起床了,要为后娘倒尿罐,要为猪添食,要自己炒剩饭吃。晚上放了学,要割猪草、要喂猪食,要放牛。

涛的性格内向,在学校里很少说话,很少有笑容,很少和同学一道玩。涛常常一个人捧着书本看,孤单单的。

涛在班上是学习委员,班长是个女娃,叫秋。秋大涛3岁,高涛一个脑袋,大姑娘似的了,脸儿红嫩嫩的,一笑两个小酒窝。秋上学太迟,是家里的弟妹多,太穷了的缘故。涛把秋喊秋姐,内心里好喜欢她,一是因为秋姐太像他的娘,二是因为调皮的学生欺负涛时,秋姐就出面保护他。秋姐的成绩比涛还要好。

班主任是个男的,刚结婚,妻子的脸上有蛮多雀斑点。老师常把秋姐和涛留下来,商量班务。涛有时觉得老师的眼光特别,爱往秋姐的脸上、身上看。涛想告诉秋姐,又不便说出口,闷在心里。涛开始对老师没有好感了。

小学毕业那年,学校组织毕业班的学生到城市里烈士陵园扫墓,开阔眼界。涛长这么大,只听大人们说城里的房子好大,车子好多,但还没有去一回哩。学校要每个学生交5元钱,涛跟爹说了,后娘不同意,说把钱给他玩了,不如用来为自己买件花的确良穿。涛含泪抱着娘的棉袄早早睡了。

半夜里,爹悄悄地进了套间,把一把零碎的票子塞在涛的怀里。学校租了一辆当地蛮时髦的柴油车,20多个学生挤在上面。老师坐在司机的车头上,他招手要秋姐也去,并挪出丁点的位置。秋姐的脸一红,说就在后面挤。

那天,秋姐穿上洗得干净的绿衫,下穿一条蓝色的确良长裤,脚穿一双白球鞋。她的黑亮亮柔软软的长辫子甩在肩后,头顶上插着的野花光艳艳香丝丝的,双眸光亮亮清幽幽的。

车子一启动,学生们一倾一仰。随后,你挤我,我挤你,紧紧结成一块,说笑着。涛离秋姐只隔几个学生,有心挪到秋姐的身边去,就是身边两个男生拽得太紧了。不知为什么,涛想挪到秋姐身边去的愿望太强烈了,那脚步也随车子的颠簸起伏向秋姐那边移。

涛的努力没有白费，离秋姐只隔一个学生了，但涛的脚步不挪了，甚至不让脚步向秋姐移去，还不好意思抬眼看秋姐。秋姐在他眼里太圣洁了。突然，前面一个坎坑，把车内的学生来了个大挪位，涛就一下蹿到秋姐的怀里了。

涛红着脸想挣扎出来，但车内人挤人，转又转不动，而这时秋姐竟然伸出白嫩嫩的手，紧紧抓着他的双肩，脸上仍是一副真诚的微笑。那一刻，简直是涛长这么大最幸福的一刻。涛感受到秋姐口里喷出甜丝丝的气息袭来，这太幸福了，涛的眼泪竟然扑簌簌地落下来。

好多年后，涛读书有出息了，在城市里当了干部，娶了漂亮的媳妇，但他没有忘记秋姐。

那年，涛的爹死了，涛坐车和雍容华贵的妻子来乡下吊丧。在回乡路上，他看见一个头发散乱的农妇正在割稻，旁边站着一个叉腰的男人。这男人穿戴整齐，好像小时候的那个老师。涛叫司机停车。

他从车上下来。这男人已不认识涛了，他以为来了当官的，做出笑脸迎上来。那割稻的女人只瞟了涛一眼后，就埋下头。

涛冲这个男人象征性地略一颔首，就径直朝那女人走去，饱含深情地唤着：秋姐，你是秋姐？没有回答。秋姐，你是秋姐！没有回答，只有一声抽泣。

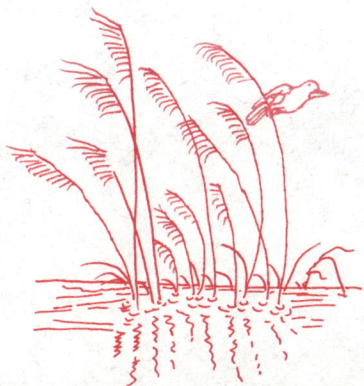

Wo Shen Me Ye Mei Kan Tian

我什么也没看见

选举

上千村民云集在小学操场上，村民委员会换届选举就要开始了。

坐在前排的虎子有些紧张，如果是其他人与他竞选，他可稳操胜券，但今天的对手是春生。春生这几年搞生意发了财，和村民关系又融洽，不知哪根神经发了，他也想当村官过过瘾。想想自己，从加入村委会到村副主任，一晃也有 10 多年了，虽说政绩平平，可一旦落选，面子还真有些过不去。好在自己在官场上混了这些年，大风大浪也见了些，内心里虽然紧张，但表面上显得从容自在。心里在与春生暗暗较劲：想撬掉我的饭碗，还嫩着哩，走着瞧!

与虎子并排坐前面的春生心里也有些不平静。说真的，他根本不想当村官，只是想把生意做好，可村里的老百姓太信任他，不少人请他参选。再说，他和虎子一起长大，平常关系也不错，犯不上和他争村官，要是真的选上了，就太对不起虎子了。又一想，虎子过去还不错，现在却变了，爱打牌、喝酒，不太爱管村务，他要真当上了主任，老百姓的日子会好过吗? 村里本来就穷，今年受灾后，不少儿童缺学费辍学了，他心里好痛。听人说，那天下大雨，虎子正和几个赌友在打牌，没有及时组织村民抗灾排渍。这样一想，春生当主任的欲望就强烈了，还开始谋划上任后为乡亲们办几件像样的事。

两名候选人正思忖时，主持会议的乡干部宣布选举大会开始了，接着鸣炮、奏国歌，宣布有关事项。突然，从学校外面跑来一个披头散发的女人，喘

着气喊:救命啊,我女儿落水了。虎子倏然弹身而起,奔出学校。选举会出现一阵骚动,不少群众也闻声跟着虎子朝外跑。几分钟后,浑身湿淋淋的虎子将小女孩从塘里救起。女孩的母亲跪在虎子面前,口称恩人啊,还含糊不清地说女儿到塘里洗手,不小心就滑到水里了。

选举大会继续进行。最后,虎子以多春生100多票当上村主任,连春生也把自己的一票投给虎子。

晚上,新上任的村主任虎子家聚集着一些送恭贺的村民。白天那个女人和她掉在水里的女儿也来了,大家以为母女俩是来向虎子道谢的,就都知趣地走了。

大家走后,虎子朝老婆金莲努努嘴,金莲心领神会,进里屋从抽屉拿出4张崭新的百元票子,极快地拈了2张揣在口袋里,拿2张朝那个女人手里塞,那女人不接,站着不动,金莲只好将口袋里的另2张掏出来,说:够了吗?拿去为女儿缴学费吧。那女人点点头,笑了笑,牵着小女孩的手很快消失在夜幕中。

文殇

张三的老婆因为没得穿金戴银,没有闲日子打牌,没有很多钱用,就把满腔怒火发泄到了张三头上,几乎是痛痛快快地骂了张三一顿。张三像怕领导一样怕老婆出了名,不敢还嘴,做出一副诚恳接受的相。

事后，张三反省他的人生轨道，觉得老婆的批评很有道理。想想自己过了不惑之年后，还跟在比自己小的领导屁股后面提包，确实十分惭愧。张三就检讨自己，发现问题不少，很多很多，难怪多轮领导用他不培养他，相信他又不重用他的。张三找出自己的主要问题是虚荣。

张三爱好文学，从小就有当作家的愿望，但这个愿望在张三的努力下实现了。从此，张三的虚荣心开始膨胀。

张三凡在报刊上发表巴掌或豆腐块大的文章，就像比领导谈话要提拔了还欣喜些，拿着文章清样给领导们看。

开始，领导们是很高兴，以为自己的部下有两下子，可张三经常给领导们看的话，领导就得思索考虑：张三安的什么心？是不是在炫耀自己有才气哩？还是暗示我埋没人才哩？

总之，领导表面上说，张三不错，不错哩！他接过你文章说要好好拜读，但等你走开后，要么塞进厚厚的文件堆里，要么顺手扔进桌旁的废纸篓了。

张三的文笔不错，不仅写些小说、散文、诗歌的玩意儿，还会写公文之类的文章。

领导说，张三，我明天要到县里开会，你准备一篇发言稿。领导说，张三，明天乡里开大会，你为我准备一个报告。这些都难不倒张三，他都能按时出色完成。

问题是，你张三完成了，为什么把一张嘴管不住呢？

会后，大家都以为领导的报告做得好，就应该算了。可张三那时就有些扬扬得意，比自己上台做了报告还兴奋，只差说某领导的报告是我写的。

那次，李四书记在一次大会上做辅导报告，会场上称得上鸦雀无声，到会的不仅张着耳朵，而且沙沙做笔记。张三坐在会场中间，跷着二郎腿似听非听，似乎陶醉在一种欢乐之中。张三不应该这样嘛，谁都知道领导的报告出自你手，你应该装着认真听讲的样子记笔记嘛。

现在一些上级部门不是要求下面的领导同志搞调研吗？实际上领导同志的工作很忙。领导的调研流于形式上，在基层走一走，看一看，问一问，转

生命因放生
而美丽

一转,就打道回府了。剩下的调研文章就交给秘书了。

张三每年要承接为领导们撰写 10 多篇调研署名文章。他把文章写好后交给领导审。

先前的时候,领导会大刀阔斧画圈,提很多思路和意见,但就是不能亲自动手。

张三的脑袋也不开窍,爱与领导辩论,把领导辩得搁下画圈的笔,脸色阴沉沉的了,牙缝里挤出几个字来:是听你的,还是听我的?张三才不言语了。

后来张三很尊重领导,也清楚领导的心思,做出百分之百佩服领导的样子:真是高见哩。但张三就没有完全按领导的意见修改,只是个别地方动了动。

以后嘛,文章提交领导后,领导只是翻一翻,怎么都要提一点意见的,哪怕是一个字的用法问题。这样才能体现领导无论是水平还是智慧,都是高于张三的。

文章送到上报单位或报刊印出来,上面虽然署着领导名字,但张三还是很愿意把领导的署名文章广泛进行宣传,其目的是醉翁之意不在酒嘛。

张三服侍过七八个主要领导,每当上级或者其他部门想调张三时,领导太惜了,说张三不能走,张三是人才,我们要用他。所以,张三的出头之日就这么被无限期顺延了。

张三的虚荣心太盛,但他对工作勤奋、热情和忘我精神似乎冲抵了他的缺点。不知不觉中,张三的韶华已过,冒出不少白发,顶也谢了不少。

有天,张三累病了,领导们亲自看望他,说了一些安慰的话,张三的眼眶里噙满了泪水。出院后,张三好像变了一个人,变得格外谦虚了。他为领导写了讲话稿也坐在前排,专心听记笔记,人家说他为领导讲话稿写得好,他淡淡一笑,说这是领导的智慧。

可怪得很,领导对他写的讲话稿感到越来越不满意,说讲话稿没有激情了,没有新意了。张三多次将领导的署名文章推出去发表,可就是不能发表。领导对自己的署名文章不能发表,就对张三有意见,说张三的文章越来越没有活力了,越写越退步了。

张三不这么想,他已经是竭尽全力了。所以,领导就分析说张三有了抵触情绪。张三很快就调到一个清闲的部门当了一个头。

张三终于当上了领导。

最佳陪选

乡政府换届,要选新一届政府班子成员,机关差一名陪选的人,上级领导们"锁定"了张三。名单公布以后,机关各科室的人看见张三都表情怪怪的,似笑非笑。

差额陪选人员,其实是一个美差,这对乡机关干部来说,是一次升官的机遇。机关干部一直以来都是青黄不接的,老的老,退的退,公务员充实机关现在都是省里分配的选调生,每年一个,大都在乡镇呆不长,锻炼几个月,被抽调区级机关。而张三这个年龄,三十刚出头,正是提拔重用的黄金时代,提拔一下无可厚非。

但是张三也太不起眼了。身材瘦小,说话小声小气,唯唯诺诺,生怕得罪人似的。连走路的样子,也是小心翼翼的。接触久了发现他不仅仅没有主见,办事能力还特别差,甚至有时候发个通知什么的,都有可能搞错。

此后,领导就让他负责一些不太重要的事情。他也不介意,端茶递水,屁颠颠的一副受宠若惊的样子。

选举大会上,当然不可能有人给张三投票,张三落选了。落选的张三倒

是显得无所谓的样子。而领导却是满面春风,宣布选举大会圆满成功,接着带头鼓起了掌。

看着领导们满意高兴的样子,大家终于醒悟过来——上几届政府班子选举,都出了问题。尽管在选举过程中一再强调要与上级保持高度一致,还是出了问题。那是因为参加陪选的是本地的,副镇长候选人是外地的。大家都有抵触情绪,就没有与上级保持高度一致,偏偏都把神圣的一票投给参加陪选的机关中层干部。这样一来,上级组织部门很头疼,自己委任的干部又要重新找地方安置,而新当选的干部又要为他补办好升任的手续。这回让张三当差额陪选,可谓是最佳陪选万无一失了。

表扬

每次单位开会,张三这人总是激动,喜欢站出来痛斥单位里的不正之风。

头儿拿张三没法,因为张三这人是个大老粗,也是个有话就说的人。

头儿就私下召见他,答应委任张三当办公室主任,条件是不许今后在会上多说话,该说的就说,不该说的就不要说,要像个干部的样子,讲究组织原则,有什么意见和想法可以私下交流。

张三满口答应了。

张三做梦也没想到自己还能当主任,是祖先们在保佑自己吧? 晚上,张三叫老婆买了一些冥钱,一起到祖先的坟上烧了,还磕头了。

张三大小是个干部了,今后就要注意场合,注意分寸,所以从此以后开会张三就不发言了,专心致志做记录,一副认认真真的样子。

头儿好像也开始喜欢张三,说张三进步很快。有时还拍拍他的肩膀几句,呵呵,好好干,好好干!

张三就傻乎乎地笑,觉得头儿拍过的地方好舒服,全身上下也麻酥酥地舒服。

一天单位开完会,张三到头儿办公室去,说昨天收到一封表扬你的信,里面说你下乡访贫问苦作风扎实,是一个勤政廉政的好公仆。

头儿脸上立刻露出微笑,但马上埋怨他:你这办公室主任怎么当的,刚才为什么不在会上说?

张三有些委屈,你不是说过不许我在会上多话吗?

头儿说,你啊,你啊! 快,通知明天上午开会,你要发言,一定要说这个事!

张三用手拍拍脑袋,想:这办公室主任也不是好当的。

病

局长生病了,听说是重感冒,已经住院了。以常务副局长老文为首的一些人,几乎每天都到医院请示汇报,嘘寒问暖。老文暗地里找医生,十分关心地询问局长的病情,医生告诉他,局长的病不重,住几天院就好了。老文的眉头不由得又紧了一些,异常严肃,似乎对医生的回答不满意。是啊,老文已经当了好几年的"常务"了,将来是理所当然要接局长的位,可这个位究竟要等到何年何月呢?

局长住院已经两天了,局里该去看望的都去了,唯有财务科的张三太忙,抽不开身。平常人们都说张三是局长的红人,说张三过去只是一名不起眼的小会计,被局长直提为科长,全局上下的人都猜想张三不和局长是亲戚的话,那一定是给了局长重重的"一拳"。可只有天知道,张三忠厚老实,为人正派,他什么也没送,更没有什么特殊背景。

局长住院的第三天,张三给局长打了个电话,把半年的财务状况简单地讲了一下,然后说自己琐事缠身,没有及时看望局长。局长就说你把工作搞好了,比看我都好。张三说扎账只有两天了,完了一定来看望您。局长说你不要不好意思,你工作做得很好嘛,我心里有数。张三听了局长的话,打心眼儿里高兴。正当张三要到医院看局长时,局长那天出院了,张三赶紧来到局长家里,局长笑笑说,你不必不好意思了,我上次已经说你把工作做好了,比什么都好!张三的礼没有送出去,有些沮丧。但局长的一番话让他感到欣慰。局长不是那种势利的人。

局长住院也就几天时间,张三在局里暗暗探听,还有行政科的王五、局办的李四没有去探望局长。原因是他们那几天到市委党校学习没去。这样,张三的心里又平衡了一些。可是有一天,局长悄悄把张三叫到了办公室里。王五、李四他们送来几条烟和几百元钱,我说我都出院了就算了,他们说你不收就是有想法,我只得暂时收下了。我想请你退给他们,其实他们的家庭也很困难嘛!

张三一听,又惊又喜,惊的是王五、李四还是把东西送出去了,全局上下就剩自己没送礼了。喜的是局长最终没有收礼,原物退还,让自己的面子好过一点儿。局长似乎看出了张三的心思,笑笑说,送礼只是形式,关键是有一份心就好了。听了局长的话,张三十分感激局长对自己的信任和理解,马上就把局长交代退还的东西领走了,很积极也很巧妙地把礼品退还给王五和李四了。

几年后,局长退居二线,文副局长终于当上一把手了。张三被提拔当了常务副局长。张三一直很感谢前任局长对自己的信任和关怀,认为自己今天的地位也一定是与局长的栽培分不开的。张三是一个对人没有威胁的诚实人,文局长对他就没有戒心,他们的工作配合默契,私交也不错。有一天,他们一起陪客喝多了,讲起人与人之间的一些话题时,张三就讲起前几年送礼的事。

谁料,文局长当场笑他:你真是猪啊!局长要你退礼,你就说我不退,要退你自己退,态度要干脆果断一些。他要你去退,是故意做给你看的,是他在对你进行报复。他的言下之意是:局里的人都去看我了,就是天大的事,你也要去啊!你为什么不早一点儿探望我啊!

张三一听如梦初醒,细想当初局长的眼神,是很有些不对劲儿,但一想起自己前途的一帆风顺,又有些不可思议了。

文局长又说:我也明白了,难怪那段时间他对我说,你水平有限,你能力有限,不能再当科长。我本和他不是一条心,他要换的人,我就得要,就得保住。如果他对你格外关心,我们能有今天的共事吗?张三心中一颤:幸亏自己当初没有去医院看望局长。

我什么也没看见

局办主任退休一年后,主任位置一直空缺。张三排名第一副主任,平时代理行使主任权力。哪方面的权力呢? 有表态签字权、列席局党委会记录权等,不一而足。

张三代理一段时间后,觉得这样下去不是个办法,代理二字不抹掉,说出去没有意思,走出去没有威信,说不定哪一天把领导伺候不满意了,他一张红头文件,从下属中弄一个人来领导他,也不是没有可能的。

但是,张三是一个正直的人,他不想采取一些不正当的手段去赢得领导欢心。比如,逢年过节去领导家走一下啦,有事没事到领导办公室去汇报工作啦,找身边最好的人去给领导把话挑明等等。

张三想,凭自己的工作能力,凭自己的才华,凭自己一手漂亮的书法和文笔,在这个机关是找不出第二个人来的,主任的位置迟早是自己的。

张三也认识不少"上面"的人,那是因为他有名气,他的书画作品《空缺》在市里获了二等奖。其中有个喜欢他的上级领导,给他打了一个电话,告诉他,我已经向你们领导推荐你当主任了。领导也说,张三不错,张三不错。

张三没有想那么多,也没有借机和领导套近乎。

正在这时,发生了一件事情。那天张三受朋友之邀,去一个娱乐场所,他看见领导和一个年轻的女人在一起。领导见到张三,有些慌张。但张三在那一刻装着不认识领导,和领导擦肩而过。

那件事之后,外面传说领导生活作风不严谨,满城风雨。

张三发现领导对他很冷淡了。也许领导怀疑是他说出去的,但张三真的什么也没说。过了一段时间,关于领导的生活作风问题风平浪静,可主任的位置不是张三,而是另外一个人,是张三手下的一个人。

张三百思不得其解,常常发呆,我什么也没有看见,什么也没有说呀,为什么?

张三永远也不会明白。那个当主任的人是领导爱人那边的一个亲戚,放风出去说领导有作风问题的也是他。张三只能怪自己倒霉,偏偏是他看见领导和一个年轻女人在一起,偏偏这种事是不能解释的。

意外

领导派人把张三叫到办公室,领导一脸的微笑,对张三说,你在办公室副主任的岗位已经多年了,工作不错的,李四马上退休,你来当主任,就这几天宣布。

张三一惊,顿时心花怒放,差点没喊领导万岁、万万岁了。唉,干了多年的副职,低三下四,鞍前马后,总算有机会重用了。

晚上张三和老婆商量,想去一趟领导的家。他清楚,领导一直好像很正

直,送个红包恐怕他不会要。张三记得有一年,有人给领导送红包,结果领导把红包交给纪委,让送礼的人下不了台,这事还被新闻记者写成消息登在市报上,而领导清正廉洁的形象从那个时候就树立起来了。领导不抽烟,也不喝酒,想来想去,张三打算到乡下把父亲喂的王八(鳖)弄几只,送给领导补身子,这样有些说得过去,表明自己不是刻意去送礼的。

说办就办,次日,张三叫车去了乡下,到父亲的养殖基地弄了十多只王八,活蹦乱跳的,用塑料袋子装好,晚上悄悄送到领导家。那天晚上,领导不在家,是他老婆接待的。领导的老婆是一个风韵犹存的女人,好像过去在文工团工作过,后来调到文化局当了副局长,她和张三是认识的。当领导的老婆一看袋中蠕动的王八,神情有些不自然,但很快就恢复平静,很热情地收下了。

过了几天,李四退了,但办公室主任不是张三。张三还发现领导对他的眼光怪怪的。张三有些不解,就去请教一个知心的朋友。这个朋友曾经和领导在一起工作过。

朋友听张三讲了前因后果,神秘一笑,你偷鸡不成反蚀了一把米,你知道吗?你已经得罪领导了。

张三说,是不是我没有送红包?

朋友说,不是的。

那是什么?

朋友说,你不知道呗,在你的领导没有当官之前,他娶了一个老干部的女儿,那是一个很漂亮的女人,能歌善舞,未出嫁之前,就成了文工团团长的人了。殊不知,团长是有妻室的人,后来东窗事发,她就又凭父亲的关系,调到文化局当副局长了,后来经人介绍,就和领导结婚了。结婚后,这个女人不是很安分,依然红杏出墙,领导忍气吞声多年。后来他清廉从政,苦苦奋斗,才爬上了局长的位置。

朋友说,你送王八给他,不是在嘲笑他的过去吗?

张三一听,后悔莫及,怎么马屁拍在马蹄上了!

这下怎么办?

桃花灿烂

桃儿是高中毕业生,考大学只差 5 分,爹要她重读一年,妈说:"算了,算了,女孩子书读得再好,是人家的,这就对得起她了!"

桃儿俊美,远近闻名。桃儿有福气,嫁了个丈夫是吃商品粮的。那个小伙子刚抽到市里某科当办事员,长相差些,对桃儿再好不过了。桃儿不可能随丈夫搬到市里住,因为丈夫和几个单身汉挤在一起,只好留在乡办一家帽子公司当工人,害得丈夫隔三岔五就往家里跑。

帽子公司生产的是传统的麦草帽,由于市场上流行花里花哨的凉帽、折叠帽等,帽子公司的老式帽子就萧条冷落了。正当工资发不出来、职工人心涣散的时候,桃儿就代表大多数姐妹们,跟艾经理提了两条合理化建议:第一条是样式要改观,增加花色品种,由过去单一生产凹凸型改为碟型帽、荷叶帽、汉奸帽、宝塔帽等,还可绣花、印花,将白帽子改为红帽子、黄帽子、绿帽子等。第二条是增加推销人员,要求是女的,大屁股、大奶子、大嘴巴的不要,要的是细腰、苗条、小嘴、端庄、水灵灵且有魅力的女孩子。两条建议像两颗灵丹妙药,把个五大三粗、吃一斤卤肉不腻、喝八两烧酒不醉、长着满脸黄胡子的艾经理那颗大脑袋救活了。

为相信桃儿的话,艾经理就像在大海里捞了根稻草似的,抓住桃儿不放,并把原销售科长的帽子给摘了,戴在桃儿瀑布样柔美的秀发上,还讨好

地对桃儿说:"嘻,你升格了哩,享受副经理级!"

桃儿一下就成了二百号人中的新闻人物,就连乡里分管工业的伍副乡长也慕名赶来祝贺,抓住桃儿那双白皙的嫩手,捏了足有 60 秒钟,脑海里竟蹦出一些莫名其妙的念头,口里却说:"好好干,好好干……"直捏得桃儿满脸通红才罢手。

这以后,艾经理总爱把黄胡子刮得干净,头发梳得油亮,西服穿得笔挺,爱找桃儿商量工作。桃儿带了男男女女 20 个兵,女的不消说,个赛个的美丽,男的条件不苛刻,麻的、癞的、矮的、瘦的,戴"汉奸"帽比广告还广告。公司按照桃儿设计的式样和花色,试制一批后,成了抢手货,销售局面一下打开了。

常在外面跑,桃儿不得已学会了搽脂抹粉、描眉涂红,学会了喝酒、打牌、跳舞。起初,桃儿的丈夫内心对她不放心。但看到桃儿带回大把钞票甩给他买烟买酒享受时,就显出通情达理支持她工作的样子来,桃儿就感激丈夫的关心。那时,丈夫正在搞自学考试。桃儿就将省吃省喝积攒的私房钱,为他买了台高档的微型录音机,帮助他学习外语,丈夫许诺,有朝一日升了官,分了几室几厅,一定把桃儿接去。

桃儿就激动得不得了,晚上就任凭丈夫心肝宝贝唤着,粗鲁地搓揉她!桃儿推销很有板眼,也有特色。她的嘴甜,和她谈生意像听音乐。她常戴着各色帽子,那飘逸的身姿、迷人的容颜,更使帽子增色、增值。

一次,荣华批发站的贾站长,是个极难缠的角色。他一不吃喝,二不收红包。当桃儿的手下很为难时,贾站长提出请桃儿和他亲自谈。桃儿为了那 2 万顶帽子,揣着已签好了的合同书,和贾站长走进一家豪华舞厅。原来,这老贾是舞迷,舞瘾来了邀媳妇去跳,曾被儿子教训过,后来连老婆都被跳跑了。在那忽明忽暗的灯光下,贾站长那双细白干瘦如竹笋似的手紧搂桃儿,单薄的身子像被狂风似的音乐吹得支撑不住了,直往桃儿身上倒。桃儿真诚微笑,极有分寸地躲让,使贾站长成了剃头担子——一头热。

快 12 点钟了,贾站长做出诚恳的表情,请桃儿到家里坐坐。桃儿微笑着说谢谢。贾站长说这深更半夜了。桃儿说车早就来了。果然,公司的双排座早在舞厅外等候。眼见贾站长脸上露出失望的神色,桃儿冲他歉然一笑。贾站长心里好受了些,但还是硬吞了口涎水,眼睛像苍蝇一样盯着双排座在夜幕中消失。

年终,帽子公司产销空前,好于往年。艾经理就选了个爱人上夜班的晚上,宴请销售科全体人员喝庆功酒。进餐前,桃儿怀揣着一张法院的通知书,心情忧郁。除桃儿外,这班人全喝醉了。有的哭,有的笑,有的吵,有的闹,有的吐,有的爬在桌子底,有的学狗叫。酒后桃儿面若桃花。艾经理醉眼蒙眬,硬要桃儿扶他回去。桃儿就答应了,幸好路不远,桃儿刚把他扶进屋,哪料艾经理极快地掩上门。就一把紧搂着桃儿,接着扑通跪下:"桃儿,我喜欢你!"艾经理原来没醉。

突然,桃儿泪流满面,似风雨敲打桃花的嫩瓣上,莹珠滚动。艾经理一怔。桃儿把那张法院通知单扔给他。

艾经理惊愕了。当他看完后,快快站起来,咬牙切齿地骂道:"狗日的,当了科长,就做出这种缺德事,算什么男子汉!"话没说完,他意识到刚才的一幕,脸当真也红了,比醉了还难看!

君子协定

领导生病后,大家都纷纷前去探望,就剩下我和王五了,也听探望的人

说,领导康复很快,明天就要出院。

王五来到我的办公室,我们讲起领导生病的事情,王五说:"我是不会看他的,他对我一直不重视,我都快40岁了,一点进步都没有,他提拔的都是他的心腹。"我理解王五,他是一个人才,能说会道,精明强干,是一块当官的料子,可偏偏他这人太吝啬,又恃才自傲,以为自己有能力,领导会用他的,所以领导偏偏不用他。

我也有同感,我曾经和领导吵过两次,原因是他当着很多人的面批评我,但那次批评是冤枉的,我不服就和他吵了。还有一次,我们科室评我先进工作者,报到领导那里,他换了另一个人,我知道后,我又去他办公室理论,闹得不欢而散。领导事后对人说我虚荣心太强了。

那天下午,我和王五相互诉说,言语中多是领导对我们不公平的事情,我们也达成君子协定,就是机关里的人都去看领导了,我们也不去,并且还赌咒发誓了,谁去了不是人。

那天我和王五谈话相当投机,分手时,相视一笑。

晚上,我悄悄找了个的士,去了市区一家医院,很快在医院门口买了一大捧鲜花,又从护士站那里打听到了领导的房间。我的心有点紧张,就深深吸了一口气,脸上堆满鲜花似的笑容。

我的脚还没有跨进领导的病房,就听见王五熟悉的声音了:"哎呀,真是忙得很,今天才来看您,我真担心您的病……"

铁榔头

　　二爷是我爷爷的二弟,是个铁匠,打得一手好铁,在镇上数一数二,被人们称作"铁匠二爷"。二爷比我爷爷个头还要高,走路生风,声洪嗓大,两颗拳头比 20 磅的铁锤还大。15 岁那年,二爷跟镇上的拳师跳了几年场子,调皮捣蛋的地痞流氓不敢跟二爷交手,一听二爷的大名就闻风丧胆。

　　听我奶奶说,二爷 18 岁完婚,二奶奶生得秀气。新婚那晚,二奶奶吓得哭了半夜,天一亮,乘我二爷还在酣睡,红肿着眼回了娘家。娘家兄弟多,以为姐妹受了二爷的气,个个摩拳擦掌,要来揍二爷一顿。二奶奶红着脸告诉娘,说一见二爷"那东西"就怕。没过几天,二爷在一个月黑风高的夜晚,悄悄摸到二奶奶娘家。连人带被子将二奶奶扛回来。一段时间后,苦尽甘来,二奶奶和二爷如漆似胶。

　　在我大爹呱呱坠地那时,镇上开进一小队日本人,占领了镇上的一所学校。日本人为了巩固地盘,修起碉堡,喂起了几条凶残的狼狗。

　　自日本人来后,二爷每晚打扮利索地出门,很晚才回来,每当我二奶奶问他,他只哈哈地笑,那笑声响亮,街上的人都听得见。

　　有天,一个叫龟田的,牵着一条狼狗,带着几个鬼子,闯进了铁匠铺。"你的,什么的干活?"龟田说着生硬的中国话。

　　"打铁的!"二爷冷冷地回答,抡起大锤直朝烧红的铁片上砸去,火星

子四处飞溅。

"这个,你的干活?"龟田拿出一把雪亮的钢刀。原来,自日本人进镇以来,有好几个鬼子被人用这刀捅死,然后抛尸荒野,吓得鬼子们深夜连尿也不敢出来撒了。

"是的!"二爷的铁锤抡得更带劲了,龟田下意识地退了一步,那狗也退了一步。

"下回,刀的不准打,不听,死啦死啦的!"龟田气得恶狠狠地叫嚷,又退了一步。

"打铁人就得要打刀!"二爷理直气壮地说,铁锤抡得山响。

有天,二爷正在赤胸裸背打铁,我爷爷急急地跑进来,上气不接下气地说:"老二,那个龟田要抢春花,快把春花的爹打死了!"

二爷扔下铁锤,三步并着两步,把我爷爷甩了好远,很快来到东街。龟田一手牵着那条狼狗,一手抡着皮鞭狠狠地抽向一个中年汉子。那汉子被打得遍体鳞伤。哭哭啼啼的春花被两个鬼子五花大绑着。"住手!"二爷的声音不啻于一个晴天霹雳,把龟田震得一惊,人和狗不约而同地退了一步。

"你的,小子的,不怕死的!"龟田那双阴毒的眼,死盯着二爷,嘴朝狼狗一示意,那条不知死活的狗冷不防就朝二爷扑来。二爷身子一蹲,猛地一拳,狼狗被击得飞去一丈多远,摔在地上哀嚎几下,就不动了。

我爷爷看得最清楚,那条狼狗的脑壳被打得粉碎。龟田见死了狼狗,疯了似的朝押春花的两个鬼子兵吼:"你们统统的,给我上!"两个鬼子兵恐惧地端着带刀的枪,朝二爷逼来。二爷弓侧着身子,双拳摆出格斗式,人影一晃,一个鬼子的枪被缴了,脸上挨了一拳,跌在地上呻吟。另一个鬼子的枪没刺来,人被二爷抓小鸡似的提起,连人带枪一起被抛向丈远的一块石头上,顿时,一命归西。

龟田慌了,战战兢兢掏出短枪,悄悄地对准我二爷开了一枪。顿时,鲜血从他左胸汩汩流出。

"哈哈哈,小鬼子,我怕你!"二爷的身子只晃一下,就又冲上来,可龟田的枪又响了,这下打在二爷的肚子上,鲜血又从他的肚子上汩汩流出。

"哈哈哈,小鬼子,让你尝尝铁馒头!"二爷的身子又晃了一下,人却闪到龟田面前,左右就是两拳,龟田被揍得瘫在地下,一声不吭。突然,街上响起号子声。大批鬼子来了。

人群一下惊散了。我爷爷扶着满身是血的二爷回到铁匠铺。当夜,二爷的床上被血染得通红,和铁匠铺炉膛里的火一样红。

Ling Dao Zhong Yu Ma Wo Le

领导终于骂我了

要求"进步"

乡长喜欢打麻将,到了周末,就要邀请张三和我去他家。

他家里有空调,冬温夏凉。

张三的牌技似乎差,每次都输钱,就乡长一个人赢。

我笑着调侃张三:你真会做贡献,乡长的高级西服、皮鞋、手机,还有他老婆的金银首饰都是你埋的单!

张三笑笑:技不如人嘛!

不久,乡长当书记了,张三破格提拔当了乡长。

张三当了乡长后,也喜欢打麻将,到了周末,就把李四和我邀请到他家里打麻将。

李四的牌技也似乎差,每次就他输钱,就张三乡长一个人赢。

但我发现,原来张三的麻将打得相当好,水平不错的。

我笑着调侃李四:你真会做贡献,张三乡长的高级西服、皮鞋、手机,还有他老婆的金银首饰都是你埋的单!

李四笑笑:技不如人嘛!

不久,张三乡长当了书记,李四破格提拔当了乡长。

李四当了乡长后,也喜欢打麻将,但很少有人陪他了。

正好,办公室分来一个大学生,长得精明。

他一来就问我：刘主任，问您一个事，书记喜欢什么？乡长喜欢什么？

我不假思索地笑着告诉他：书记、乡长都喜欢打麻将！

大学生很感激我，连声说谢谢。

我一看大学生的样子，就清楚他也是一个要求"进步"的人！

钥匙

读小学三年级的儿子放学回家，颈下吊挂着一个线串的钥匙，一脸笑容。

我调侃他，什么事这么高兴，你当班长了？

儿子不好意思地笑笑，摇摇头。

没当班长，总该是弄了个组长当了吧？

儿子又摇摇头。

那你胸前的钥匙？

儿子说，是组长交给我管的。

我有些不理解，就笑儿子，还以为你当班干部了，原来是个管门的，还蛮威风哩。

儿子显得有些不自在，就用小拳头轻轻擂我的背。

晚上，儿子是7点钟睡的，比以往睡得早，衣服叠得整整齐齐地放在枕边。

我和妻子在看电视，但快到零点时，儿子猛从被窝中跃起，口里讷讷说，迟到了，我要上学了。

我笑着把他按进被窝,说睡吧,上学还早呢。

儿子问,几点了,我说才零点,儿子才又进入梦乡。

大约在下半夜,儿子懵懵懂懂又爬起来,又喊爸爸,亮了吧?

我揿亮灯看表,还只是凌晨3点钟,就对他说,放心睡吧,亮了我喊你,保证不误你去开门。

大约在6点多钟,儿子悄悄起床,上学去了。

儿子在管班上的钥匙之前,最爱睡懒觉,喊都喊不醒,常常因快迟到连脸都顾不得洗。儿子管了两天的钥匙,害得我也提心吊胆睡不着。我叫他不管了,干脆把钥匙还给组长,图以后睡个安稳觉。

儿子有些不理解我,眼神流露出失望和困惑,但还是恋恋不舍地交了钥匙。

后来,儿子一觉睡到天大亮,几乎每次都是我催他起床上学的。

领导终于骂我了

老二在领导身边已经七八个年头了,原地踏步,一点进步也没有。比自己差的,迟一点进机关的,新来的年轻人,一个一个纷纷成了他的领导,他都成了一个老资格。

眼看着自己的年龄超过提拔界线,老二的心里着急。老婆有时候还在埋怨他,不知是怎么混的,一点人样也没有混出来,究竟要等到何年何月呢?

生命因放生而美丽

老二把自己的想法告诉最知心的朋友,朋友问,领导对你好不好?

他说,好,很好。

朋友说,怎么好法?

他说,领导一见我就笑,逢人就说我有才,从来没有批评我一次。

朋友说,在机关,领导就对你一个人好吗? 对别人是怎样?

老二说,领导从来没有批评我,倒是机关不少人被他批评,有人甚至被他骂过。

朋友告诉他,这就对了,被领导批评的,是领导喜欢的人;被领导骂的人,是领导重用的人。

他一听,突然茅塞顿开,对朋友产生敬佩感,你怎么知道的? 说得好,就是这样,就是这样的。

朋友说,领导对你好,是表面现象,是装的,不是真心真意的好,那是领导时时处处防着你,你不是他的人。

他请教朋友,我怎样才能成为领导的人?

朋友说,你工作敬业吗?

他回答,敬业?

你廉政吗?

廉政啊。

你遵纪守法吗?

守法啊。

你打牌赌博吗?

没有啊。

朋友叹息一声,摇摇头,你无可救药了。你想成为领导身边的人,还要有过程。冬冰三尺非一日之寒啊。

朋友说,你能改变你的过去吗? 只有这样你才有希望成为领导的人,成为领导的人,这时候他就会批评你,骂你了。

朋友又说,如果领导骂你怎么办?

他说，他敢！他要是骂我了，我要和他翻脸！

错了，这就是你的问题，就是虚荣心。

朋友说，你的第一步是完全改变过去，成为一个领导讨厌的人，让领导经常骂你。领导经常骂你了，你就有了出头的日子。

老二见朋友这么说，开始有点迷茫，后来一想，觉得很正确。

以后的日子里，老二的工作开始马马虎虎，领导交办他的事情，不是没有按时完成，就是尽出娄子。

有时候，老二开始迟到早退，领导几次找他，没有见到人。一问，他和机关里的同事上班去了舞厅。

这些微妙的变化，领导都看在眼里了。

还有，他经常和同事玩牌了。过去同事拉他玩牌，他总是推脱，说还有工作没有搞完，现在只要是同事找他玩，就是不找他玩，他也主动去玩。玩牌的时候，领导也经常去。所以他多次和领导在一起玩了。领导最大的爱好也是玩牌，手气总是相当的好，经常赢同事们的钱。他和领导玩了几次，他发挥自己的聪明才智，把领导的钱赢了，并且经常赢领导的钱，赢得领导有些生气了。领导不高兴，就不死心，偏和他玩。

有次，领导和他玩的时候，领导输得一败涂地，脸色相当不好。他知道领导喜欢进娱乐场所，他就用赢来的钱安排，到市区豪华的包厢，洗脚、搓背、桑拿，领导舒服了，领导就高兴，笑着骂了他，没想到你小子也不是个好东西。

领导应该说是第一次开始骂他了。他的心里好高兴，晚上回家躺在床上，翻来覆去睡不着。半夜里他还说了梦话，声音很大：你说我是王八蛋，我就是王八蛋。

老婆弄惊醒了，说他是不是有了神经病？哪个骂你？

他蒙蒙眬眬和老婆答话，领导终于骂我了。领导骂我王八蛋，我就是王八蛋，骂得好、骂得好啊！

老婆一惊，你现在变了，是不是脑袋进水了？想当王八？

生命因放生而美丽

他一下醒了,埋怨老婆,领导正在骂我,还没有骂完,就被你吵醒了,真扫兴。

还有一回,他和领导一起打牌,但那次没有赢钱,而是领导赢了钱。他主动去安排,先是喝酒,把领导灌得云里雾里,又把领导带到一个地方,挑了一个漂亮的外来妹服侍他。

第二天,他一上班,领导就派人把他叫到办公室,把门关上。领导就大发雷霆,劈头就开始骂,骂他竟然对自己干出这样的事情,这太不像话了。

他心中暗暗一喜,领导又开始骂我了。

领导边骂边说,你把我当成什么人?你这是在害我?我根本就没有沾她一下,酒醒后我就马上走了。

他表面装得诚恳,连连点头。

事后,他问了那个开娱乐场所的朋友,朋友告诉他,领导在那里休息了一夜,走的时候还要了那个外来妹的电话。

失之交臂的爱情

青年作家鑫的一篇题为《情殇》的小说在市报文艺副刊发表后,收到不少少男少女的来信。因为文章的末尾,署有鑫的单位地址。

有一位叫小舟的女大学生很喜欢鑫的《情殇》,用散发玫瑰花香味的信笺,不仅写了长达5页纸的读后感,而且在信中含蓄地流露出想和鑫交友的念头。

鑫有很多文友,男的女的,老的少的,不在乎多一个文友,何况是个多情的女文友哩。鑫从与小舟的来信中,获知小舟正读大二,芳龄18岁,痴迷文学,梦想当作家。

鑫的小说《情殇》中主人翁"我",是一个中学的青年教师,不知不觉竟然爱上了班上情窦初开、美丽善良的女学生。"我"是一个有妇之夫,夫妻生活过得平平淡淡。妻子长相一般,她的父亲是县教育局副局长。"我"不仅在进城中得到岳父大人的鼎力相助,而且对仕途有浓厚的兴趣。《情殇》叙述了"我"与妻子的婚姻之所以能凑合维持着,主要是"我"与学生之间想爱不敢爱既复杂又矛盾的心情。

通过与小舟多次飞鸿传递,鑫知道小舟是学校的文艺骨干,又是校办《红杏》文学社的社长。小舟也写了不少小说、诗歌作品,寄出去得不少,但发表得少。为此,小舟早就希望在本市"傍"上一个能称得上"作家"的人物,对自己的作品进行指导。当然,鑫没使小舟失望,有好几篇原被编辑枪毙的退稿经鑫稍微润色的散文,都相继发表了,这更使小舟对鑫充满敬佩和感激。

鑫和小舟虽然都生活在这座中等城市,但从来没有见过一次面。鑫从小舟细腻的文笔、娟秀的字迹,已感受到小舟是一个美丽漂亮的女孩子。小舟也从鑫沉稳的气派、老辣的文风,可知鑫必定是一个风流倜傥、成熟洒脱的男人。于是,从信的一来一往,小舟对鑫的称呼渐渐由当初的同志、鑫老师、鑫大哥,发展到鑫、亲爱的鑫了。鑫对小舟的称呼也由当初的小舟同志、小舟同学,发展到舟妹、舟、亲爱的舟了。

鑫和小舟虽没见过面,但通过几次电话。鑫洪亮的男高音淳厚,像磁铁一样令小舟痴迷;小舟娇嫩的女中音,也像潺潺流水一样滋润着鑫的心田。小舟为解鑫的相思之苦,为他寄来一张照片,照片上的女孩子明眸皓齿、楚楚动人,一见就会令人想入非非,终身难忘。

鑫为了搞业余创作,快30岁了,也没有结婚,虽说谈了几个,但没有一

个令鑫满意。所以，朋友们都说鑫到底是作家，眼光太高了。鑫曾多次提出和小舟见一面，小舟不答应。总以学习太忙、年龄太小而婉言推辞，并说我们这样不是挺好嘛。

人就是怪，越是得不到的东西，越是想得到。何况小舟又是一位秀色可餐的女子。大凡男作家都是浪漫的，情感丰富的，喜爱女性称得上是他们的天性。鑫这个未婚童男当然不例外。就是鑫的涵养再高，也禁不住舟对他的诱惑了。鑫想到小舟就读的市内那所大学去，出其不意见见她，给她一个意外的惊喜。很不巧，偏偏小舟回家了。同班的学生告诉他，小舟住在市委大院。鑫的心情蓦然异常地激动起来。

他走进庄严的市委大门，在一幢三层红楼的面前，一个女孩正捧读一本书，坐在一把特制的椅子上，两旁放着两根木拐杖。见有人来，那女孩抬起头来。

鑫一看，大吃一惊，这不是小舟吗？和照片上那位明眸皓齿、楚楚动人的小舟一模一样的，只是两腿没有，只有空空的裤管。鑫的心一下子像掉入冰窟了，禁不住口里轻轻喃喃：这是不可能的。

为了证实一下，他对那女孩说，你是小舟吗？那女孩嫣然一笑，回答说，我是小舟……没等那女孩把话说完，鑫忽然扭头就走，任凭那女孩在唤他，他置若罔闻了。

此后，鑫不再与小舟通信了，对于小舟打来的电话，鑫只说了句我们的一切该结束了吧，就狠狠挂了电话。如小舟再打来，他干脆不接了。

小舟弄不明白鑫的心会一下子变得这么快。小舟没有因鑫对她莫名其妙的冷淡而放弃自己苦苦追求的文学事业，而她对文学又是有相当高的悟性的，失恋没使她沉沦，反而使她更加努力，当作家的愿望也愈加强烈，从学校一直到走向社会都没有放下手中的笔。

没过几年，小舟也成了市里小有名气的女作家，并担任市委宣传部新闻科科长。

在一次省文联一家大型文艺刊物举办的小说征文中，小舟获了一等奖，而鑫只是个排在末尾的三等奖。

在颁奖大会上，鑫第一次见到小舟——那是一个十分亮丽的女孩。鑫惊诧地这样问小舟，你的腿好了吗？

小舟光彩照人的眸子望着鑫，嫣然一笑，鑫老师，你认错人了吧！

鑫在小舟的面前显得尴尬极了。

鑫这时已娶妻生子了，妻子是一位局长的女儿，长得不算漂亮。

鑫永远也不会明白：那个和小舟一模一样的女孩是小舟的孪生姐姐。

宴收

年底来了，县里又组织了不少检查验收组。检查组带队的是老王，组织部正科级干部，此人作风过硬，原则性强，水泼不入。

上午乡领导汇报工作后，检查组成员接着分头看资料、看现场。年终检查事关全乡绩效考核大事，是面子工程，马虎不得。书记、乡长满脸堆笑，全程陪同。老王说了，中午吃工作餐，不安排酒水。

到了下午4点，检查的项目基本结束。书记、乡长留老王他们吃一顿饭，老王满脸严肃地拒绝，说还早，我们还要回去汇总，准备材料。书记、乡长把老王的司机叫去，在后备箱里给每个人放了一箱本地的土特产，结果被老王看见了，当场退了。书记、乡长就悄悄地把老王的司机叫到一旁，耳语了一番。

老王的车还没有到市区，不知什么原因抛锚了。旁边有一处农庄，风景

独特。大家还没有下车,就从农庄走出两个漂亮的小姑娘,她们是招揽客人的,热情地邀请大家进屋喝茶。

这时天色也不早了,天有些冷,司机就说,王主任,我来修车,您和大家进去,吃顿便饭了,再回家。

老王看天色也不早了,一想,大家回去了还是要吃饭,不如就在这里吃了。

司机见王主任犹豫,他说,今天我埋单,昨天晚上我打牌赢了4000元。老王终于发话了,今晚就你安排。

司机朝服务员使了一个眼色,你们还不快把主任请进去?我马上就来。你们尽量点最好的菜。

饭吃了,酒喝了,司机结了账。农庄旁边有棋牌室,也有小型舞厅。老王的爱好是跳舞和打牌。司机就建议,王主任,还安排一点活动,您参不参与?老王喝得有点多了,就说,舞不跳了,我们打麻将。刚好他们一行四个人,正好一桌,那晚,司机手气硬是不好,尽放老王的冲,老王那晚赢了5000元。

老王的心情特别好,司机把他最后一个人送到家,在扶他上楼梯的时候,说了,王主任,今晚的账全部是乡里结的,这一切都是他们安排的。

老王一听,有些吃惊,但一想,钱是赢的钱,又不是送的,就没有说什么了。

提意见

一次会上,头儿要大家跟他提意见。

会场是死一样的寂静。大家你望着我，我望着你。

突然有人轻咳一声说，头儿我给您提个意见，希望正确对待。

头儿内心一惊，但脸上很镇静，说吧，我虚心接受。

这人说，您的思想解放不够，观念没有更新。

头儿有些不悦，但还是表现出很认真、很虚心的样子。

这人继续说：这几年有些部门和单位思想解放了，纷纷到发达的地区和沿海城市参观学习，而我们单位只在附近几个地方转转，这不是思想不够解放吗？

接着也有人笑着附和说，头儿啊，您今后是要解放思想，与时俱进，率领我们到发达地区参观学习。

头儿的心情好多了，连连点头，这个意见我接受。

一年后，又开同样的会，头儿还是很诚恳地请大家给他提意见。

很快就有人说，头的思想没有进一步的解放。提倡经济全球化都有多年了，有些单位的思想比我们解放得多，大半个地球几乎跑光了，唯独我们单位还没有与"国际接轨"，还只是在国内打转，如何冲出国门，走向世界，这应该是个大问题吧！头儿您说是吗？

头儿当场表态，这个问题我一定考虑。

又一年开会，头还是要求大家给他提意见。

头的话音刚落，马上有人抢着发言，头啊，您的思想要彻底解放。2003年有个叫扬利伟的，一个人坐"神舟五号"上太空溜达。2005年又有费俊龙和聂海胜两个人坐"神舟六号"上太空，够神气哩！我分析"神舟七号"或者"神舟八号"造的飞船肯定大，肯定不只坐两个人，说不定一次就能坐上几十、上百人哩！所以说，头的思想应该彻底解放，要抓住机遇……

吃你的没商量

张三是县里的一名不大不小的官员。

张三是一个好喝名酒、好吃山珍海味的主儿，于是张三就善于下基层，经常下乡检查工作，各乡镇里的佳肴美味，张三没有不品尝到的。美中不足的，也是最令人遗憾的，王八（鳖）这个菜张三却吃得少，茅台酒喝得也少。张三清楚，这与他的级别有关。但张三不死心。

一天，张三打电话到 B 乡，乡办的主任接电话。张三说："是 B 乡吗？我是张三哟。明天县里的 C 副书记要来你们乡视察特种养殖，C 副书记可是见过大世面的人，据说马上换届要当一把手了。你们的接待工作可不能马虎哟。生活嘛，要档次高一点，最好把你们乡里的特色菜拿出来。"

张三只说菜而没有说酒，是因为张三清楚有了王八这个菜，那当然就应该有茅台那样高档的酒了。次日，张三的小车来了。B 乡的党政官员个个面带微笑，早早候在特种养殖场。

见只来了一个车，又只张三一人，大家正欲张口，张三连忙说："C 副书记有个重要会议，可能要迟来一步，我是专门来通知的，你们的准备工作怎么样？"

乡办主任回答："一切按您的意思办的。不过吃千年的王八不喝百年的茅台不行！呵呵！"

张三满意地点头："不错，这样安排很好！"

B乡的党政官员一等再等，还是不见C副书记驾到，正要将目光投向张三询问时，张三腰间的手机响了。

"可能来了！"张三接电话前示意大家不吱声，就对着电话赔着笑脸，有些唯唯诺诺："我已经来乡镇了，哦，哦，哦……好的，好的！"

挂了电话后，张三有些遗憾地对张三B乡的党政官员说："刚才是C副书记的秘书打来的，他秘书说，C副书记会一开完，就准备上车来的，结果市里来了一名副书记，C副书记要汇报，只好改日了，请大家谅解领导！"

B乡的党政官员面面相觑，只好作罢。

这时候，大家的肚子饿坏了，王八炖得香喷喷好诱人，包装精美的茅台酒也飘起香来了！

当张三有滋有味嚼着鲜美的王八，大口喝着飘香的茅台酒时，心里暗暗感激老婆关键时刻为他打来电话。张三也清楚老婆每天中午都要打电话问他回不回家吃饭的。

乔

在机关里，我和乔是最谈得来的朋友。不说别的，我和乔年龄相仿，是同乡，是同学，且又爱好文学。我爱写小说，乔爱写论文。特别是乔擅长撰写有一定分量的理论文章，一家国家级报刊上就发表过乔的一篇题为《论造就培养青年干部之我见》的论文,曾在乡机关引起反响。尽管我的小说常常获奖,乔的理论文章受到好评,但乔和我混得都不怎样,所以我们常在一起抱怨,针砭时弊,流露出怀才不遇的情绪。

一次,我和乔最瞧不起的一名办事员破格提拔了,我和乔心里都不平衡,就到常去的那家"诸葛酒店"喝酒消愁。结果,我和乔都喝得差不多了,饱经世态炎凉的店老板从牢骚言语中知道我们的际遇,就劝我们少喝一些,还说这年头要想得到重用靠的是权钱交易。我和乔都不具备这些条件,只有兴叹的份了。

这一年,机关里换了头儿。头儿对乔有好感,从我的直觉中感知到乔可能有出头之日了。因为乔刚过而立之年,大专文凭,能说会写,长得一表人才,相貌堂堂,天庭饱满。

这时,乔很少和我在一起了,当然聊天的机会也少了。可能是和乔在一起聊惯了的缘故,一旦不和乔聊聊,那心里就闷得慌。我愈来愈孤独了。我见乔夹着个公文包要下乡,快步上前搭讪。不料他勉强一笑,推着车子,显出焦急要走的样子说,我太忙,有话以后再说。我以为乔真的忙,但见他没走多远,机关一名办事员就喊住他,乔就停下车子,很有耐心地和那人慢慢悠悠地边走边谈。

我心里很纳闷。后来,我听说乔要提升当副乡长。说心里话,他当副乡长是才尽其用,我真为他欣喜。那天晚上,我又遇到乔了,我对乔说,今天我请客,咱俩到"诸葛酒店"聚一聚。要是在以往乔会说,好的,太好了。可乔却说,不行啊,今晚头要我赶一个材料。

没法,我只得一个人去酒店喝闷酒,直到天已黑透,人已喝得醉晃晃的了。当我回家路过街上,一眼瞥见乔和头儿有说有笑,从一家豪华的舞厅里出来,我的心里陡然涌出一种难言的酸苦。

渐渐地,乔走路也不像以前那样低着头了,说话也不像以前那样小声小气了,穿着也不像从前那种不修边幅了。总之,乔俨然换了个人似的。前段时间,我把自己发表在一家大型刊物上的题目叫《提拔》的小说,拿出让乔分享一下喜悦。过去，我和他无论是谁发表了文章都是互相分享的，还评头论足一番。但乔这次只是把题目瞄了瞄，漫不经意地一笑，就推给我了。

乔提干走马上任了。我和乔的距离就拉开了，至少我不能像以前那样在公开场合上直呼乔的尊姓大名了。

每当开会，乔大都是坐在主席台上的第一排，目不斜视，一副很严肃的样子。

请名人写序

乡土作家张三的第五本书将在北京出版，这是一部长篇小说，是公费出版形式。目录和内容全部寄给出版社了，关键的问题是缺一个序，一个名人撰写的序。张三想通过出版这本书后，叩开中国作家协会这扇神圣的殿堂。过去张三的几本书的序几乎都是名人写的，因为书是丛书号，名人写一个总序后，其他人共享。所以，张三想有一个单独的序，名人给自己写的序了。

张三认识的名人不多，他就通过一个在省里工作的朋友，找一个在省里写长篇小说的大作家。幸运得很，已经出版 10 多部长篇小说的大作家姚前终于答应了。省里的朋友牵线搭桥，把大作家姚前的电话号码告诉张三，要他自己再请一次，面对面地，或者在电话里面交谈一下，增进友谊也好。

大作家姚前的大名张三多年就知道，他出道很早，是一个贫困山区农民出身，后凭着写长篇小说调到省城的一个文联机构，成了专业作家。

张三用电话联系姚前后,姚前说叫他把长篇小说的稿件用电子邮箱发他看一看,同时,通过手机把电子邮箱发给张三。张三照办后一直在等消息。几乎每天都在等姚前的电话。大约一个星期后,姚前给张三发了个短信:已拜读,可以写序。

张三高兴极了,先给姚前回了短信,意思是日后一定感谢。后就用短信给省里的朋友报喜,省里的朋友回信是四个字:心想事成。两个多月过去了,也就是快过国庆节了,张三就给姚前打了一个电话,催问姚前的序写得怎么样。姚前在电话里告诉他,准备回老家乡下一趟,过了国庆写,在十月中旬发过来。张三就天天盼呀盼,好不容易盼到十月中旬,就又给姚前去了一个电话,姚前说,我马上就写,你等着。

张三的长篇小说已和出版社签约了,计划年前出版的,就等这个序了,所以张三忍不住在十一月初,又给姚前打电话。

姚前在电话里面说,他的工作很忙,要等一下。

张三说,出版社天天在催序,要进印刷厂了。

姚前说,给你写个2000字的序行不行。

张三说,可以的。到了十一月中旬,张三自己也不好意思给姚前打电话,就发了一个信息:姚老师,序写好了吗? 出版社催得紧哩! 姚前回短信:明天发你。第二天,张三在早中晚多次打开信箱,不见邮件。

就这样又盼了几天,仍不见音信。张三就鼓足勇气给姚前打了个电话,姚前的电话竟然关机了。张三急得好像热锅上的蚂蚁一样,就去请教身边的文友。

文友抢白他,姚前是你什么人? 他白为你写序吗? 你知道社会上都传说名人的序一字千金吗? 就算没有一字千金,起码你应该有一个承诺什么。张三一听醒悟了,告诉文友说,我多次在电话里面说过,会寄一点报酬,是不是"一点"出了问题,还是我只打雷没下雨,没有付诸实施? 文友说,一定是这样的。

张三就把姚前拖了半年之久写序的事情告诉省里的朋友,省里的朋友大吃一惊，他一直以为这个序早就写好了的。当即就答应去问姚前。几天后，就回话说姚前开笔会去了。

出版社发出最后通牒再拖就取消签约合同，张三就灵机一动把后记调整一下变成代序了。在他把序寄北京前，还是想给姚前打电话，他怕姚前费心把序写好了不能用。

不料电话一打就通了。姚前说在一个风景区参加笔会，很忙，还说不好意思，拖迟了。最后说笔会马上结束，他抽空在晚上写了发给张三。张三相信省里朋友的话，姚前的确很忙。

到了晚上，张三就守在电脑旁，等邮箱里面的邮件，一直等到凌晨3点，才迷迷糊糊睡着了。次日清晨，还是不见邮箱。张三不死心，心想姚前说不定晚上累了，在白天里写的，所以张三又等了一天。至此张三才失望，名人的序算是等不了啦。

在张三给北京寄代序的同时，没有忘记给姚前发最后一个短信：姚前老师，谢谢您了，您太忙了，不麻烦您写序了，我的书要出版不过了，已经等了8个月了！

这个信息姚前没有回，一直没有回。

事隔多年后，张三凭自己勤奋笔耕和一定数量的作品，还是叩开了中国作家协会那扇神圣的殿堂，但张三明白：姚前的序其实早就写好了，只是张三一个劲地找人家要序，忘记自己该怎么做了！张三真的很幼稚、很幼稚！

名记者

　　乡宣传干事张三是从工厂借调出来的,一直为新闻稿上省报苦恼。因为不上省报,说话没有地位。虽然有时市报登几篇豆腐干,开头哄乡里的干部还可以,后来乡里的头头就有些不以为然了。正愁之时,省报来了位名记者采访,一看名片,吓了一跳,还是经常在头版大块大块登文章的名记者。来了省报的名记者,乡里的头头自然点头哈腰陪着,连上厕所都寸步不离。张三也跟在名记者的屁股后面,唯唯诺诺,十分殷勤,手里攥着个本子,那一刻好神气哩。

　　回省城的那天,乡里的头头为名记者摆了一桌酒席。席间,头头们都跟名记者碰杯敬酒,把个名记者灌得晕晕乎乎。名记者的口才很好,讲一些官场上的事,讲一些随省委领导采访的逸事,让乡里的头头羡慕不已,几乎个个都把名记者的名片如获至宝弄了一张,虔诚地装进前衣袋里,时而掏出来看看,嗅嗅上面的清香味。

　　乡里的头头把名记者搀上小车后,又大包小包地把本地的名特优产品提上车。以后乡里的头头天天都看省报,看名记者把乡里的事写成新闻登上报纸没有。而名记者的文章几乎天天都有,就是没有乡里的文章。头头们就想,可能会到明天呗。结果,盼了一个多月,也不见名记者写本乡的大作。

正当头头们有些失望的时候,县委宣传部的新闻科长陪省报一位名记者来采访。刚报大名,乡里的头头大惊失色,上次来的是冒牌名记者,而这位才是省报真正的名记者。

这次名记者来到乡里,不要乡里的头头们作陪,他想自己听真话,只要宣传干事张三带路下乡去采访。张三紧紧跟着名记者,是有目的的,想让新闻稿上省报,哪怕在名记者后面加个通讯员的名字都好,他才有点小名气。名记者走的时候是悄悄的,没有跟乡里的头头通气。原来名记者是收到一封关于土地承包方面的上访信来的,张三暗自惊讶,幸亏名记者没有把他的名字挂上去。但张三的政治敏感性强,觉得自己责任重大了,马上把这个信息反馈给乡里的头头。头头们迅速行动起来,马上找县委宣传部的领导出面,又找一些和名记者有关系的人,这次没有带上大包小包了,只是带了一沓信封,连夜去了省城。

后来,名记者的关于土地方面的调查报告没有发表出来,乡里的头头都好高兴,比好新闻上了省报还满意。不久,那个提供情况的农村支部书记莫名其妙下来了,张三也因为机构改革的原因被辞退了。张三回家后,不再为写新闻发愁了,可他不甘心自己就这样下来,处理这事情他毕竟是功立了的。张三就拿起笔当了自由撰稿人,他再也不怕什么,不顾忌什么了,他的第一篇文章就是社会新闻方面的,题目是《真假记者》,悄悄投给省报用了,后面还有编后语。多年后,张三成了著名撰稿人,被一家报纸招聘了,真的成了名记者。